K E I K E N Z U M I N A K I M I T O
経験済みなキミと、
K E I K E N Z E R O N A O R E G A
経験ゼロなオレが、
O T S U K I A I S U R U H A N A S H I
お付き合いする話。
JN020678

characters

加島龍斗（かしまりゅうと）

動画サイトを見るのが好きな、ちょっと陰キャ気味の高校生。罰ゲームをきっかけに憧（あこが）れの彼女に玉砕覚悟で告白することに。

白河月愛（しらかわるな）

スクールカースト最上位グループに位置すると思われる美少女。恋多き女として、数々の男子のウワサや妄想をかき立ててきた。

黒瀬海愛 くろせ まりあ

本作中盤で登場する転校生。みんな大好き黒髪美少女だが、龍斗とはちょっとした因縁があり……。さらには月愛とも無縁ではなく⁉

あ、そういうこと？
……いいよ。

スキありっ……！！！

経験済みなキミと、経験ゼロなオレが、お付き合いする話。

長岡マキ子

ファンタジア文庫

3011

口絵・本文イラスト　magako

CONTENTS

プロローグ

白河月愛は、学年一の美少女だ。

白河さんの存在は一年の頃から有名で、俺みたいな陰キャにも「学年一の美少女」の噂は届き、早い段階から認識していた。

「学年一」というのは、誰も学校の全女生徒の容貌を把握していないから便宜上言われているだけで、おそらく高確率で「学校一の美少女」なんじゃないかと思っている。

白河さんにはさらに、男心をざわつかせるような噂があった。それは「エッチが大好きなビッチで、一人の男では満足しきれないため彼氏が頻繁に替わる」というものだ。一人の相手とは長くても二、三ヶ月しか続かず、付き合う相手のテイストも、年上だったりタメだったり、体育会系だったり文化系だったりとバラバラらしい。

「それなら俺にもワンチャンあるかも」と色めき立つ者が後を絶たず、白河さんがフリーになったという噂を聞きつけると、そんなにイケてなくても彼女の周りにハイエナのように群がりにいく男たちの様子は、見ていて滑稽だと思わざるをえない。

　そう、俺は自分の分をわきまえているので、さすがに白河さんと付き合えるとは思っていない。遠くから時々目の保養をさせてもらえれば、それで充分だ。

　白河さんは、俺にとって太陽のような存在だ。

　まぶしくて直視できない。近づきすぎてしまったら、俺みたいな陰キャはきっと、ギャッと叫ぶ間もなく消し炭になってしまうだろう。

　太陽が明るく光れば光るほど、影は濃く暗くなる。白河さんが美しく輝いて見えるほど、俺は自分の陰キャを自覚する。話しかけようなんて、毛頭思わない。

　陰キャは陰キャらしく。白河さんへの憧れは、胸の中にだけ秘めて。

　平穏な学園生活を送るには、それが一番なのだから。

第一章

高校二年に進級して最初に思ったことは、「白河さんと同じクラスになれてラッキー」だった。

白河さんは、めちゃめちゃ可愛い。その美貌は、テレビで活躍している十代の女優たちと比べても遜色ないどころか、むしろイケてる方だと俺には思える。

印象的な大きな両目に、長い睫毛。鼻翼の小さい、すっと通った鼻筋。口角が上がった愛らしい唇。それらのパーツが、小さな顔の中に完璧なバランスで配置されている。

スタイルも抜群で、遠くで歩いてるのを見るとモデルみたいに見える。と言っても、本物のモデルみたいに痩せ細っているわけじゃなくて、短いスカートから伸びた太ももには適度な肉感があり、いつも二つくらい開いているブラウスのボタンからは豊かなバストの影がちらついている。最高だ。俺自身はギャルが好みというわけじゃないけれども、ゆるいウェーブがかかった明るめの茶色ロングヘアも、彼女に限って言えばセクシーさを引き立てているように見えるから不思議だ。

白河さんと付き合えたら。

白河さんとデートできたら。

そういう妄想をしている男は、校内に計り知れなくいると思う。

その夢を現実にするべく、同じクラスになったのを僥倖と、さっそく彼女の周りをうろつき始める男もいる。

けれども俺は、全集中で陰キャの呼吸だ。どうせ相手にされないのに、そんな無様な真似はしない。

いくら同じ空間にいようとも、白河さんと俺との間には、アクリル板よりも分厚い、見えない隔たりがある。天然のソーシャルディスタンスだ。

この距離が縮まることは、永遠にない。

そう思って、彼女の美貌を遠巻きに眺めていた。


ところが、その瞬間は、突然やってきた。

白河さんと同じクラスになって、数日経ったある日のことだった。帰りのホームルームで、白河さんが先生にプリントを提出した。確か保護者会のお知らせについての回答用紙で、昨日出すはずだったものを忘れた生徒だけが、先生に言われてバラバラと席を立って前に来ていた。

俺は「加島龍斗（かしまりゅうと）」という名前で、出席番号順に割り振られた机は、たまたま最前列で、教卓の近くに位置していた。教室の後方の席からプリント片手に目の前に現れた白河さんを、なんとなく目で追っていたとき、事件は起こった。

「白河さん、これ、名前書いてないわよ」

白河さんからプリントを受け取った先生が、そう言って彼女に優しくプリントを突き返す。

「あ、ほんとだ」

受け取ったプリントを見た白河さんが、短いスカートを翻（ひるがえ）して振り返る。

そして……不意打ちで目を逸（そ）らすことができなかった俺に向かって、口を開いた。

「ね、ちょっとシャーペン貸してくんない？」

口から心臓が飛び出るかと思った。

「うあ？　あぁ……」

なんとかそれだけ答えて、筆箱からシャーペンを出して渡す。変な声を出してしまった

が、どうにかギリギリ、手は震えずに済んだ。

白河さんはそれを速やかに受け取り、俺の方に身をかがめる。

「……!?」

なんと、彼女は俺の机でプリントに名前を書き始めたのだ。

脂汗が出るほどドキドキしながら、至近距離で白河さんを見られる機会に胸が躍る。

近くで見る白河さんの、伏せた長い睫毛がまぶしい。かがんだ胸元の谷間も見たいのに、角度的にブラウスが邪魔して見えないのがもどかしい。

それにしても、陽キャだ。陽キャすぎる。俺だったら、たとえ自席が百メートル後ろにあっても、わざわざ戻って名前を書くところを、効率重視で、一度も話したこともない……たぶん名前すら知らないであろう異性のクラスメイトから気軽にペンを借りてしまう……その心理が、俺には何度生まれ変わっても理解できる気がしない。

白河さんを観察していると、多分にそういうところがある。自分はいつも大勢のイケてる友人に囲まれている選ばれし民なのに、日陰グループに属する生徒にも、機会があれば屈託なく声をかけてくれる。そんな現場を、一年の頃、遠巻きに何度か見たことがある。

真性の陽キャだから、そんなことができるのだろうか？　絶対的な人望があるから、周りの目を気にして陰キャを避けるようなキョロ充ムーブをしなくてもいいということなのかもしれない。

思わぬ接近にテンパり、そんなことを走馬灯のようなスピードで考えていたとき、名前を書き終わった白河さんが、顔を上げて俺を見た。


「ありがと！」


輝くように美しい笑顔。返されたシャーペンの温(ぬく)もり。

強烈なアッパーだった。

たったそれだけの、時間としては数十秒の出来事。

けれども、それは俺が白河さんを好きになるのには充分な事件だった。

想像してみてほしい。ポスターから抜け出たような美少女が、目の前で「ありがと！」と微笑(ほほえ)みかけてくれる光景を。そして、俺が彼女いない歴十六年で、かつ異性に興味だけは津々(しんしん)な陰キャ男子なのも加味してほしい。

恋に落ちるだろ？

そんなわけで、俺は白河さんのことを好きになった。今までも憧れの対象ではあったけれども、より強く意識するようになった。

　もちろん、だからといって、やっぱり「付き合いたい」と思っているわけではない。何かと妄想たくましい年頃ではあるが、さすがにそこまで厚かましい脳みそはしていない。同じクラスで一年間を過ごす間に、また何か物を貸してと頼まれるとかで、ちょっぴり接近できる機会があるかもしれない……せいぜいそれくらいの、ささやかな幸運への期待を胸に、粛々と学園生活を送っていた。

　そうしているうちに時は流れ、白河さんとはそれから特に接触の機会もなく、一学期も中盤に差し掛かったときのことだった。

ある日の昼休み。
　俺は、友達と三人で、教室の隅で飯を食っていた。
　俺にも友達の数人はいる。男限定だけど。そして、この二人以外には誰がいるんだと訊(き)かれたら、ちょっと辛(つら)い気持ちになるけど。

「ふわぁ〜マジだりぃ。完全に寝不足だわ」

俺の目の前でそう言って、あくび顔で弁当のおかずを口に運ぶのは、同じクラスの伊地知祐輔、通称「イッチー」だ。

一年のときからのクラスメイトで、共通の趣味を通して仲良くなった。ゲーム漬けの不摂生な生活を送っているため、やや小太りで、ガタイのよさと背の高さも相まって、外見の存在感はかなりデカい。デカいのだが……残念ながら、悲しいくらい陰キャだ。俺が言うのもなんだけど。ちなみに、顔は元横綱の朝●龍に似ている。

「ゆうべKENが夜中に配信やるから、つい見ちゃったんだよな。そのあと明け方までゲームしちゃったし」

イッチーの発言を受けて、俺の隣で弁当を食べていた男が顔を上げた。

「俺もKENのせいで寝不足だよ。KENが明け方ツイッターで募集かけてる通知で起きて、ワンチャン同村できるかと思って入ったら定員オーバーで弾かれたけど、悔しいから他の部屋で学校来るまで遊んでたわ」

そう言うのは、隣のクラスの仁志名蓮、通称「ニッシー」だ。去年も違うクラスだったが、イッチーが俺たちと趣味を同じくする者がいるらしいとの噂を聞きつけて声をかけ、三人で昼飯を食べるようになった。

ニッシーは、顔だけなら陽キャのグループにも入れなくもない造作をしている。くりっとした可愛い目をしていて、中学生に見えてしまうほどの童顔だけど。体格も、イッチーとは対照的にだいぶ小柄だ。二人のちょうど中間にいるのが、中肉中背でモブ顔の俺、という具合だ。

「二人とも、すげーなぁ。俺はKENの動画追うだけで精一杯だよ」

本心から言って、俺は空になった弁当箱の蓋を閉じた。

俺たちの共通の趣味は、ゲーム……正確に言えば、「KEN」という有名ゲーム実況YouTuberのファンという点で繋がっている。

KENは数種類のゲームの実況プレイ動画を毎日コンスタントに配信している、元プロゲーマーだ。その高度なプレイスキルと、ユーモアを交えた軽快な実況トークが人気を呼び、YouTubeのチャンネル登録者数は百万人を超えて、今なお増え続けている。

KENの熱心なファンは「KENキッズ」と呼ばれ、その中でもゲームが上手いキッズにはKEN直々に声がかかって、一緒に実況動画のためのプレイングができることもある。イッチーとニッシーは、ひそかにそれを目指して、日々ゲームの腕を磨いている。

俺はといえば、KENが一日に四、五本アップする動画を、ただ見ているだけの完全な消費型ファンだ。それだけでも、コメントをつけたりしているとあっという間に二、三時間経っているから、なかなか暇の潰れる趣味だ。休日にはイッチーたちとオンラインでしゃべりながらゲームすることもあるが、自分でやってもKENのように上手いプレイができるわけではないので、やっぱり実況動画を見ている方が楽しい。

だが、そんな消費型ファンにもいい点はある。必要以上に無理をしないから、自分のペースで生活を送れるところだ。

「そういや、そろそろ中間の結果が返ってくるんだよなぁ」

ニッシーの呟きで、イッチーの表情が盛大に強張った。

「やめろよ～！　今回ほんと散々だったんだよ。試験期間中に新しい参加型キッズを募集するなんてKENもひどいよな」

「ほんとだよ。頑張って応募したのに結局入れないし」

ニッシーも暗い顔で答えて、ため息をつく。

「カッシーは？　テストどうだったんだよ？」

突然水を向けられ、俺は「え？」と二人を見る。そう、俺は二人から「カッシー」と呼ばれている。

「ああ……俺も自信ないよ。先生代わって初めての試験だから、今までと傾向違ったし」

俺たちは、三人とも成績はそんなに悪くない。全員、学年の上位三分の一に入るって感じだろう。もともと第二志望で受かった高校なので、俺的にはまずまず、といったポジションだ。

「ほんとか⁉ ほんとだな⁉ 裏切るなよ⁉」

「う、うん……だいじょぶだよ、イッチー」

ただ、今回は二人ともマジで試験中ヤバそうだったので、他人事ながらちょっと心配だけど。

「ヤバイんだよ、俺。これで成績下がったらゲームやめろって親から叱られるー……！」

「俺もヤベーんだよな……テストの点が悪かったらスマホ解約するって脅されてるよ」

ニッシーも同調し、イッチーがその手をガシッと取る。

「お前もか！ 俺たち仲間だな⁉」

「もちろん。だから、この中で一番成績が良かった奴は、一番成績が悪かった奴の言うことなんでも聞くってことにしよーぜ」

「なんでそうなる⁉」

ニッシーの提案に、一応ツッコんではみたものの。

このときの俺は深く考えずに、その場のノリで強く拒否することもできず、そんなむちゃくちゃな約束を、なんとなく呑んだ形になったのだった。

◇

そして翌週になって、すべての科目のテスト用紙が返却され終えた、その日の昼休み。

「ダメだ……もうおしまいだ……」

イッチーの手には、赤字で「十八点」と書かれた英語の答案が握られていた。

そして、そんな点数をマークしてしまった当然の結果として、三人の中でイッチーの総合点が最も悪かった。イッチーほどではないが、ニッシーも本調子ではなく惨敗。結果、大方いつも通りだった俺が、一番の好成績ということになった。

「元気出せよ、イッチー……期末で挽回するからって言えば、お母さんもゲーム許してくれるって。なぁ、ニッシー？」

「…………」

同意を求めてみるものの、ニッシーも青ざめた顔で放心している。二人とも、普段から相当親に叱られてるんだな、これは。

「二人とも元気出せって……」

なおも慰めようとしていると、イッチーが突然俺の腕をガシッと掴んだ。

「……なぁ、覚えてるよな？　あの約束」

その視線は、ゾンビのようにうつろで不気味だった。

「えっ……」

「一番成績の良かった奴が、悪かった奴の言うことをなんでも聞くってやつ」

「う、うん、一応……」

「俺からの命令だ。カッシー、好きな女の子に告白しろ」

「はぁ⁉」

突拍子もない命令に思わず大声を出してしまい、一瞬集まったクラスメイトの視線に恐れ慄（おのの）く。

「な、なんでだよ？　なんでそんなこと？　飯を奢（おご）るとか、一日パシリになるとか、もっと自分の得になりそうなことが他に山ほど……」

「うるせぇ！　俺は今ドン底なんだ！　お前もドン底に突き落としてやる！　俺と同じ陰キャのお前が告白なんかしたって、惨（みじ）めにフラれるに決まってる！　俺と同じドン底を味わえー！」

「なにそれひどい！」

たぶんそうなるとは思うけど、仲のいい友達から面と向かって言われると悲しすぎて泣きたくなる。

「なんだよ、その命令！　大体なぁ……！」

「大丈夫だよ、カッシー」

抗議しようとする俺の肩に、ニッシーがポンと手を置く。

「骨くらいは拾ってやるから」

いい笑顔で言われた。急速に元気を取り戻したみたいで何よりだけど、その顔に「ざまぁ」と書いてあるのがモロ見えだ。

「お前ら、性格悪すぎるだろ！　元はと言えば、テストの成績が下がったのなんて自業自得なんだからな⁉」

「うわっ、それが本音か、カッシー！」

「カッシー、話が違うぞ！　約束しただろ⁉　俺たち、友達じゃなかったのかよ⁉」

イッチーに強めに言われて、俺はそこで言葉に詰まった。

確かに、約束はした。俺たちは友達だ。というか、こいつらが友達になってくれなかったら、俺は今頃どんな学園生活を過ごしていたかわからない。休み時間のたびに行きたくもないトイレに行って、手のシワの数を数えながら休み時間が終わるのを待っていたかもしれない……。

そんな毎日を送らなくて済んでいるのは、イッチーとニッシーがいるからだ。その二人が今、友情の危機と言わんばかりの表情で、じとっと俺を見つめている……。

「……わかったよ！　告白すればいいんだろ！」

さらば、俺の淡い恋心。

こうして、俺は好きな女子、つまり白河さんに告白することになってしまった。

とはいえ、学年一、いや、学校一の美少女かもしれない白河さんに、この俺ごときが告白するなんて、想像しただけで膝が震えるほどブルってしまう。

でも、まあ……考えてみたら、俺がこのまま白河さんを想い続けたところで、付き合える可能性など万に一つも存在しないだろう。それどころか、運が悪ければ白河さんとクラスメイトが付き合い出したりして、イチャつきを間近で目撃するなど、精神的なダメージを受けることになるかもしれない。

そうなる前にきっちりフラれて、報われない想いを昇華させておいた方が、残りの学園生活を楽しめる。そんなふうにも考えられるではないか。

挫けそうになる心を、友との約束を守るため、そうやって必死に鼓舞した。

たとえフラれたところで、俺に社会的なダメージはあまりないだろう。白河さんの性格を考えると、俺みたいな陰キャ男子から告白されたからといって、面白がって友達に吹聴しまくるようなタイプには思えない。告白されることには慣れっこだろうし、次の日には

もうきれいさっぱり忘れてくれてそうな気がする。

記念受験、という言葉が脳裏に浮かんだ。

白河さんは俺にとって、どうせ受かるはずのない憧れの難関校だ。試験を受けるくらいの思い出作り、やってみてもいい気がする。こんな機会でもなかったら、一生告白することなんてなかったんだから。

自分にそう言い聞かせて、必死に奮い立たせる。

……うん。そうだ。やってみよう。

震える手で、授業中、ルーズリーフに文字を書きつけた。

そして、その日の放課後、俺は早速告白するために行動した。

時間を置くと気が変わって挫けそうな気がしたし、どのみちイヤな目に遭わなくてはならないのなら、早く済ませてしまいたかったからだ。

フラれたって、別に世界が終わるわけじゃない。帰ってKENの新作動画でも見て心を癒そう。

そう自分に言い聞かせ、放課後、白河さんの下駄箱へ、授業中に書いたメモを入れた。

お話ししたいことがあります。これを読んだら校舎裏の教員駐車場に来てください。
二年A組　加島龍斗

わざわざ名前を書いたのは、匿名だと気持ち悪すぎて来てもらえないと思ったからだ。クラスまで書いたのは、名前だけだと「誰こいつ？　知らんから行かん」となるかもしれないからだ。「誰だか知らないけど、同じクラスの人間らしいから、何か用事があるのだろう」と思われることで、来てもらいやすくなるのではないかと考えた結果だ。

「えっ、カッシーの好きな人って、よりによって白河さんかよ⁉」

「高望みにもほどがあるだろ！　正気か⁉」

イッチーとニッシーが、背後から下駄箱の名前を確認して、激しくうろたえていた。

そんな二人の反応に、改めて大それたことをしようとしていると思い知らされ、膝が震えてくる。

できるなら、このままメモを回収して帰りたい……と思ってしまったが、友達に約束も守れない男だと思われたくない。

落ち着け、俺。落ち着くんだ。

今はとにかく「告白」というミッションを完遂する。それだけを考えるんだ。

深呼吸して何度も自分に言い聞かせて、目的の場所へ向かった。

校舎裏にある教員駐車場は、俺が知る限り、学校の敷地内で最も人気のない場所だ。授業が終わったばかりで部活も盛んなこの時間帯は、帰宅のために現れる教員もまだいない。十数台の乗用車が横一列に停まっているその場所で、俺は一人、ひっそりと白河さんを待った。

イッチーとカッシーは、どこかの車の陰に隠れて、ほどほどの距離から俺を見守っているはずだ。

白河さんは、なかなか来なかった。リア充な彼女は、いつも放課後になると教室で友人たちと歓談していて俺より先に教室を出たことがないから、一体どれくらいで下駄箱のメモに気づくのか見当もつかない。

待つこと……たぶん二十分から三十分。

ついに校舎の陰から彼女の姿が現れたとき、あまりにもほっとして、他のあらゆる感情よりも先に、気が抜けたような気持ちに襲われた。

来てくれないことも覚悟していたから、まだ告白もしていないのに、達成感みたいなもてきた。

白河さんは辺りをキョロキョロして、他に人影がないのを確かめると、俺の方へ近づい
「これ、合ってる?」

彼女が顔の横に掲げた白い紙は、俺からのメモだ。

「は……はい」

震える声で答えると、白河さんは少し笑った。

「ふふっ」

笑われた……!

そう思うと、羞恥心で顔が熱くなる。

「なんでケーゴ? 同じクラスなんでしょ? タメじゃん?」

そう言う声に、俺をバカにするようなニュアンスは感じられない。俺の声が震えたこと
じゃなくて、敬語を純粋におかしく思ったみたいだ。

少しほっとしたのと同時に、やっぱり俺の存在を知らなかったのだなと思って、わかっ
ていたけど悲しくなる。失敗するに決まってることに挑戦するのは、覚悟の上でも、しん
どいものだ。

「そ……そうだね」

とりあえず、白河さんに言われた通りタメ口で答える。

こちらへ近づいてきた白河さんは、俺の二メートルほど手前で立ち止まった。

「どしたの？　話って？」

からっとした、明るい声。陰キャに呼び出されてキモ～い、なんてことは微塵も思っていなそうな、性格の良さが滲み出ている声だ。

ああ、白河さん……。

緊張してよく見ることができないけど、きっと今もめちゃくちゃ可愛い顔をしているんだろう。

俺は、あなたのことが、本当に……。

言おう。言わなきゃ。いつまでも黙って俯いていたら、性格が良い白河さんにだって愛想を尽かされてしまう。

そう思って、死ぬ気で顔を上げた。

「……！」

真っ直ぐ俺を見つめる白河さんの超絶美少女顔に心臓を射貫かれ、口は開けたものの、声が喉からうまく出てこない。

「すっ……すすすっ！」

なんてことだ、告白の言葉でとちるなんて！

でも、ここまで来たらもう言うしかない。

「す、好きです！」

やってしまった。

めちゃめちゃ陰キャ。

めちゃんこキモいわ、俺……。

自己嫌悪で、このままコンクリートの地面にめり込んで退場したいと思った。

「え？　ススキです？」

白河さんは眉間に皺を寄せ、俺をまじまじと見つめる。かと思うと、手元のメモ書きに視線を落として、さらに難しい顔をしている。

美人だ、と改めて思う。ギャルっぽい装いからおそらくすっぴんではないとは思うけれども、眼窩の影や鼻から顎にかけてのラインなど、化粧ではごまかしようのない造作の美しさに惚れ惚れする。

告白を大失敗したことによって、これ以上の恥はないと謎の余裕が生まれ、フラれる直前にして、のんきに彼女を観察できてしまう。

「ねえ、鈴木って誰？」

白河さんは、まだ険しい表情をしている。

「え？」

ほんとに誰だよ、鈴木って……と考えて、はっとした。無様な告白をしたせいで、聞き間違えられたのだ。

「いや。あの……好き、です……」

今度は、たどたどしくも、ちゃんと言えた。一度失敗して、失うものがなかったせいかもしれない。

すると、白河さんは目を見開いた。

「……あー、そういうこと？」

ややあって、白河さんはすべてを察したように俺から目を逸らした。

困っているように見えた。たぶん、俺のことを知らなすぎて、なんと言って断っていいのかわからないのだろう。

「……なんで？」

だから、白河さんのその質問は、俺への配慮からひねり出した、断りの言葉の前のワンクッションなのだろう。

「え……」

「なんで好きなの？　あたしのこと」

そんなことを訊かれると思っていなかった俺は、とっさに自問して考える。

なんで？　なんで好きかって？

そんなの……決まってるじゃないか。

「……可愛い……から」

声が震えるのを恐れて、今度は消え入りそうな声になってしまった。

まあ、でも……。

何度失敗したって、フラれるのは一度きりだ。そう思うと、少し気が楽になる。

「…………」

白河さんは、目をパチパチさせて俺を見た。その頬がわずかに染まって、照れ臭そうに視線が下がる。

「ふーん……」

恥ずかしさをごまかすように呟いた彼女は、次に俺を見たとき、とんでもないことを言った。

「じゃあ、付き合おっか？　あたし今フリーだし」

最初、何を言われたのかわからなかった。

ジャアツキアオッカ？　アタシイマフリーダシ。

ツキアウ？　付き合う？

付き合うって、白河さんと？　誰が？

まさか……俺が⁉

「ええっ⁉」

腰が抜けそうになった。

すぐに、俺をからかっているのかもと思ったが、そうだとしたら趣味が悪すぎる。

「ちょっ、何驚いてんの？　告ってきたのはそっちじゃーん！」

そんな俺を見て、白河さんはおかしそうに笑う。まさか本気なのか？　それとも、俺の反応を見て楽しんでいるだけなのか？

彼女が何を考えているのかわからない。

「……で、どーすんの？」

笑いを引っ込めた白河さんが、こちらへ一歩近づいて尋ねてくる。

「あたしと付き合うの？」

上目遣いがめちゃくちゃ可愛い。心臓が止まりそうだ。

なんでこんなことになったんだ？　こんな展開、まるで想定してなかった。

よくわからないけど、俺の身にとんでもなくラッキーなことが起ころうとしている。

ゲーム実況を見るのだけが趣味の、何の取り柄もない陰キャの俺には、この幸運をむざむざ手放す勇気もないのであり。

からかわれているのかもしれない。もしかしたら夢かもしれないけど、だったらなおさら、答えは当然決まっている。

「……はい……」

火照る顔で頷くと、白河さんは満足げに微笑んだ。

「よーし！」

笑顔が可愛い。いや、笑顔も可愛い。VRじゃないよな？　こんなに近くに白河さんがいて、俺のために微笑んでくれているなんて。

夢ならどうか永遠に醒めないで欲しい。

「じゃあ、一緒に帰ろっか！　用事あるって、友達と別れてきちゃったし」

そうして、俺は白河さんと共に裏門に向かって歩き出す。

駐車場を横切っているとき、車の陰にしゃがみ込んだイッチーとニッシーの、屍（しかばね）のような絶句顔が目に入った。

とりあえず、あいつらが仕組んだドッキリではなさそうだと思った。

なんだこれ……なんだこれ⁉

夢じゃないよな⁉

俺、ほんとに白河さんと、並んで、道を歩いてる……んだよな⁉

どういう状況⁉

付き合うって、マジなのかよ⁉

バクバクする心臓を抱えて、俺はただ黙々と足を動かしている。

歩きながら、白河さんは俺が下駄（げた）箱に入れたメモ書きをにらんでいた。

「……名前、これなんて読むの？　クワシマ？」

「カ……カシマ、リユウト」

「へぇ、リュート！　かっこいーじゃん！」

白河さんは瞳を煌めかせて笑った。不意打ちの笑顔と「かっこいい」に、さっきから上がりっぱなしの心拍数がさらに上昇してしまう。

落ち着け、落ち着け。

こんなに舞い上がっていては、会話もままならない。

どうせすぐにフラれる。数分後には「冗談だって。ほんとに付き合うと思ったの？」と笑われている。そうに決まっている。

自分にそう言い聞かせて、なんとか冷静になろうとする。

「ねー、リュート」

そんな俺に、白河さんは無邪気に話しかけてくる。

「うちらって、話したことあったっけ？」

「えっ⁉　え……っと……」

一瞬、シャーペンを貸したときの話をしようかと思ったが、あまりに些細な出来事過ぎて、「話したこと」としてカウントしているのがキモいと思われそうだ。

「……いや、特には……」

「ふーん、そっかー」

俺は俺で、気になって仕方がないことを訊いてみたい。

「白河さんは、その、なんで……俺と付き合ってくれるって……？」

冷静さを保とうと言い聞かせたせいで、本当にこの状況が信じられなくなってしまった。

こんなにドキドキさせておいて、実は「今日の下校に付き合う」という話だったりすることも充分にある。いや、むしろそちらの可能性の方が高いのではないか。

というのも、俺には「告白」にトラウマがある。

中学一年のとき、めちゃくちゃ可愛い女子と隣の席になったことがあった。彼女は何かと俺に笑顔で話しかけてくれ、ボディタッチも多く、宿題を写させてあげたときなんか「そういう優しい人……好きかも」と頰を染めて囁いてきたのだ。陰キャの俺もさすがに舞い上がって、これは俺の勘違いじゃない、彼女は俺に気がある、と信じ、一世一代の勇気を出して告白した。

結果は、なんと玉砕。「加島くんのことはいいお友達だと思ってるけど……」と困ったように呟いた彼女の顔は、未だに網膜に焼き付いている。

この苦すぎる経験から、俺は教訓を得た。女の子……特に可愛くて人気がある女子のことを信じてはいけないということだ。

そもそも人気があるってことは、みんなが「俺でもイケるかも」と思ってるってことだ。それはつまり、彼女自身が思わせぶりな態度を取っているということであり、俺だけが特別だなんて思ったら痛い目を見るってことだ。

よくよく考えてみなくても、俺みたいな量産型陰キャを、人気者の可愛い女子が好きになる理由なんてまったくない。そう思うから、白河さんに告白できたんだ。百パーフラれると思っていたから、ＯＫされたあとのことなんてちっとも考えていなかった。

だから……この状況は、ドッキリにかけられているみたいで、容易に受け入れがたい。

「え……？」

そんな俺を、白河さんは不思議そうに見つめ返す。

「なんであたしがリュートと付き合おうと思ったか、聞きたいの？」

「……だって、白河さんは俺のこと好きじゃないだろうし。俺のこと知らなかったと思うから……」

同じクラスにいるのに、名前も読めないくらいだったのだから。

そこで白河さんから返ってきたのは意外な回答だった。

「だったら、これから知って、好きになればよくない？」

「えっ？」

見ると、白河さんは小首を傾げ、上目遣いに俺を見つめていた。

「だって、リュートだってあたしのことよく知らないじゃん？」

思ってもみないことを言われて、俺は固まる。

「話したことないいんだもんね？　あたしの見た目が好きなんでしょ？」

「………………」

言い返せなかった。俺はさっき答えてしまっている。白河さんに、どうして好きなのかと訊かれて「可愛いから」と。

見た目が好き。それはその通りだ。

でも、一年の頃から、ずっと白河さんを遠巻きに見てきた。いつも「可愛いな」と思って、憧れていた。だから自分の方がずっと白河さんを好きだと思っていたけど、言われてみればそうだ。俺は白河さんのことをほとんど知らない。

「それに、あたしリュートのこと、ちょっと好きだよ」

「……えっ⁉」

予想外の発言に、衝撃と共に白河さんを見る。そして、上目遣いの可愛いアングルにやられて、ダブルで脳がスパークした。

白河さんが俺よりだいぶ背が低いから、隣にいるとそういう目線になるのだろう。モデル体型に見えるのは、顔が小さくて均整のとれたスタイルのおかげで、身長自体は高い方じゃない。

あと、さっきからずっとフローラルだかフルーティだかよくわからないいい匂いがするんだけど、これって白河さんの匂いだよな。香水とかつけてるんだろうか？

って、今はそんなことを考えている場合じゃない。

白河さんが俺をちょっと好き？

いや、それはないだろ！

だって俺のこと知らなかったじゃん！

俺の心のツッコミを察知したように、白河さんは口を開く。

「さっき、リュートがあたしに『好き』って言ってくれたじゃん？」

「……うん」

「だから」

「……え？」

「え？　何が『え？』」

「いや、えっと……そ、それだけで……？」

信じられないと思って呟くと、白河さんは何を思ったか憤慨顔になる。

「あー！　あたしのこと、誰のことでも好きになるビッチだと思ってる？　あたしにも好みはあるんだからね？　爪の白い部分が伸びまくってる男と、鼻の下に汗かいたまま放置してる男は死んでもムリだから！」

好み、ピンポイントすぎない⁉　ってか、ＮＧそれだけなのかよ⁉

白河さんの噂通りのストライクゾーンの広さに驚愕していると、彼女は抗議の余韻を残したむくれ顔で俺を見つめる。

「でも、リュートはそうじゃなかったから。だから、嬉しいって思ったよ」

白河さんが言っていることは、確かにわからなくもない。もし俺が全然知らない女の子から「好きです」と告白されたら……その子がよほど好みじゃない場合を除いて、一瞬で好きになってしまうだろう。

だが、それは俺が一度も告白されたことのない、完全にモテない男だからだ。

「……でも、白河さんは『好き』なんて言われ慣れてそうだけど……」

「えー？」

何言ってんの？　というように、白河さんは俺を見上げる。

「誰に何回言われてても、人に『好き』って言われたら嬉しくない？」

それはそうだと思うけど……。

「その嬉しさって……『付き合おう』って思うくらいの嬉しさ？」

俺はまだ疑ってる。自分が傷つきたくないから。

明日になって「やっぱ、あんま好きじゃないから付き合うのナシ！」と言われる未来を想像してしまうと、耐えられない。

だって、このままもし本当に「付き合う」ことになってしまったら、今日より明日、明日よりあさってと、俺は確実に、白河さんをもっと好きになってしまうと思うから。

信じられないことに……これはどうやら冗談ではなさそうだから。

「つまり……白河さんの俺に対するその『好き』って、友達でも充分成立するっていうか……ちょっと……薄くない……？」

言ってしまった。せっかくこんな超美少女が付き合ってくれるって言ってるのに、みすみす嫌われるようなことを口にしてしまった！

バカだ。

俺は身の程知らずの大バカヤローだ！

案の定、白河さんは少しの間無言だった。やはり気分を害してしまっただろうかと焦っていると、白河さんは俺を見た。

「……だから？　別によくない？」

返ってきたのは、あっけらかんとした言葉だった。

「薄っぺらくても、いい感じじゃんって思って、もっと知りたいと思ったんでしょ？　だったら付き合ってみればいーじゃん。最初は薄っぺらな『好き』同士でも、そうやって付き合ってるうちに、いつか本物の『好き』になるくない？」

形のいい口角をきゅっと上げて俺に笑いかけ、白河さんはそう言った。

「……まぁ、今まで『本物の好き』になるまで付き合えたこと、ないんだけどさ」

そこで自嘲気味な微笑になる彼女に、俺はおそるおそる尋ねる。

「……なんで……？」

一人の彼氏と長くて二、三ヶ月しか続かないという噂は本当なのかもしれない。だとしたら原因はなんだろうと警戒する俺に、白河さんは「あっ」と目を見開く。

「あたしが飽きて捨ててると思ってる？　それ逆だから！　あたし、付き合ってる間はめっちゃ一途（いちず）だし！　他の男子に告られても即断るし」

「そ、そうなんだ」

彼女の勢いに押されて相槌（あいづち）を打つが、俺の美少女不信は根深い。

「……でも、さっきの白河さんの発言からすると、彼氏がいても、人から『好き』って言われたら嬉しくなって、ちょっと好きになったりしない？」

「はぁ？　何言ってんの？」

白河さんの眉間に、盛大に皺が寄る。

「………………」

ギャルの不機嫌顔の凄みに負けて、陰キャの俺は押し黙った。

「好きでもない男に『好き』とか言われても、迷惑でしかなくない？　マジキモいんだけど」

「………………」

さっきと言ってることが違う……。

しかし、ともかく付き合ってる間は一途というのは信じてもいいみたいだ。

そんな話をしていると、白河さんが急に立ち止まった。

「家、どっち方面？」

言われてみれば、もう駅前だった。学校の最寄り駅は、大きなターミナル駅ではないけれども、今歩いている改札へ続く道が、帰宅ラッシュ前のこの時間帯でも人通りが絶えない程度には栄えている。

俺たちの高校は都内の私立校なので、生徒の多くが電車通学をしている。このO駅はJRと地下鉄で入口が分かれるから、今このタイミングで白河さんは訊いてきたのだろう。

「え、えっと、K駅」

「ふーん、うちA駅」

「そ、そうなんだ……近いね」

俺の最寄りのK駅はここから三駅、A駅はそれより一つ手前の二駅目だ。

「てか、そしたら同じ電車じゃん？　行こ行こ！」

「う、うん……」

白河さんのペースに乗せられ、俺は彼女とJRの構内へ向かった。

電車に乗ると、二駅だからすぐに白河さんが降りる駅に着いてしまう。この信じられない状況も、ここでひとまず終了する。

さっきまで、こんなにドキドキしていたら身が保たないと思っていたのに、そうなると名残惜しい気もしてくるから不思議だ。

「もう着くね。じゃあ……」

いよいよA駅が近づいてきたので送り出そうとすると、白河さんは「えっ？」と意外そうに俺を見る。

「家まで送ってくんないの？」

「えっ？」

学校から帰るのに「送る」という発想がなかった。

けど、確かに、家まで送ってあげた方が彼氏っぽい。

「じゃ、じゃあ……」

信じられない状況、続行。

定期で途中下車する分には運賃も取られないし、俺もA駅で降りて、白河さんを家まで送ることにした。

A駅は大きなターミナル駅で、駅前には繁華街が広がっている。それを抜けて十五分ほど歩いたところに、白河さんの家はあった。

その間に何を話したか、正直なところ、よく覚えていない。「白河さんと付き合う」という現実味のない事実が、いつもの通学順路を外れたことで俄然現実感を伴って襲いかかってきて、ドキドキとテンパりで会話に集中するどころではなかった。

「うち、ここなんだー」

白河さんがそう言って立ち止まったのは、木造二階建ての一軒家だった。なかなか年季の入った外観で、周辺一帯も同じような雰囲気の家々が建ち並んだ、渋めの住宅街になっている。

白河さんの垢抜けた風貌からは予測のつかない家の佇まいに、なんと言っていいかわからず「いい家だね」と無難にコメントする。

すると、白河さんは嬉しそうに微笑んだ。

「ほんと？　ありがと！」

お世辞を一ミリも疑っていない、素直なお礼の笑顔だ。

「………………」

その可愛さにまたドキドキするのと同時に、申し訳ない気持ちになって、早々に場を立ち去りたくなる。

「じゃ、じゃあ、俺はこれで……」

踵を返しかけた俺に、白河さんは明るく声をかけてきた。

「ねえ、うち寄ってく？」

「……えっ⁉」

「親は仕事だし、おばあちゃんは今日フラダンス教室でいないから」

おばあちゃんと同居してるんだ……フラダンス教室って、おばあちゃん若いな……などという雑念が脳裏をかすめたが、それより重大なことは。

白河さんの家に寄る。

　誰もいない、白河さんの家に……入る。

　二人きりで。

「……い、いいの？」

　緊張で生唾を呑みながら訊くと、白河さんはなんの躊躇いもなく頷く。

「うん。リュートは彼氏だし」

　いや、だからって。つい先ほどまで名前も知らなかったモブクラスメイトだったのに？
と心でツッコむけれども、本人がいいと言うんだから、俺が遠慮する理由は……ない、んだよな……。

　俺、死ぬのかな？

　こんな出来事、俺の人生に起こるわけなかったのに。

「えっと、じゃあ……お邪魔します」

　こうして、俺は付き合い始めて三十分後、人生初の「彼女」……のお宅に、恐れ多くも、早速お邪魔することになった。

まだ騙(だま)されてるんじゃないかという気がしているが、俺は今「白河さんの家」に足を踏み入れようとしている。

足元がフワフワして、再び現実感が消え去っていく。

「し、失礼します……」

玄関に入ると、どこか懐(なつ)かしいような他人の家の匂いに包まれた。三和土(たたき)には白河さんのものと思(おぼ)しき派手な婦人靴がいくつも無造作に置かれていて、その生々しさについ動悸(どうき)が増してしまう。

「上がって上がって。あたしの部屋二階だから」

白河さんに促されるまま、すぐ目の前に見える狭めの階段を上った。

二階には、入口が襖(ふすま)の和室らしき部屋と洋室風のドアの部屋があって、白河さんは後者のドアノブを回した。

「どうぞ～」

そう言って見せられた部屋は、ようやく白河さんのイメージ通りと思える雰囲気の空間だった。

五畳ほどのスペースでまず目に飛び込んでくるのが、カーテンとベッドの掛け布団(ぶとん)カバーの、濃いピンク。壁際に置かれた白いドレッサーとクローゼットは、若干チープ感はあるものの女の子が好みそうなオシャレなデザインだ。間に学習机らしきものもあるが、机上はポーチや小物で埋め尽くされており、とても勉強できるような環境ではない。

全体的に、至るところに置かれた化粧品っぽい小瓶や、マスコット的なぬいぐるみ、アクセサリーらしきキラキラしたものなど、小物の多さに圧倒される。それでも無秩序に散らかっているというわけではなくて、本人なりにこだわりを持ってディスプレイされたものであろうことがうかがえる。

加えて、フローラルだかフルーティだかの白河さんの匂いが、むせ返るくらい濃く漂ってくる。想像以上に女子部屋全開だった。

「どしたの？　早く入りなよ」

女の子の部屋に免疫がなさすぎて圧倒されている俺に、先に入室した白河さんが声をかける。

「あっ、ああ、うん……」

いつまでも突っ立っているのも不審だと気づいて、慌てて中に入った。

「テキトーに座ってー」

白河さんは軽く言って、学校カバンを無造作に床へ置く。

「飲み物取ってくるね。麦茶でいい？」

「あ、う、うん、ありがとう……」

白河さんが部屋を出ていく。階段を下りる軽やかな足音のリズムが、俺の激しい動悸と妙にマッチしていた。

一体なぜこんなことに……。

フラれる心の準備しかしていなかった俺が、白河さんの「彼氏」として、彼女の自宅の部屋にいる。この事態を、自分でもまだ信じきれていない。

でも、とにかく。

俺は今、あの白河さんの部屋にいるんだ……。

「すーっ……」

とりあえず、鼻で大きく深呼吸してみる。

これが白河さんの匂い……。

そう思って感無量になり、はっとする。

キモすぎるだろ、俺！　何やってんだよ！

でも、憧れの女の子の部屋に、たった一人でいるというこの状況。よからぬことをしたい衝動で暴走しそうになってしまう。

そう、たとえば……引き出しを開けてみたい、とか。

幸いと言うべきかなんと言うべきか、部屋の入口近くに、つまり俺のすぐ傍に、白いチエストがある。いかにもプライベートなものが……はっきり言えば下着の類が仕舞われていそうな佇まいのそれから、目が離せない。

駄目だ！　それだけは男として、人としてやっちゃいけない！

でも……見たい……。

しばらくの葛藤のあと、心の中の天使と悪魔の決着がついた。

勝利したのは、悪魔だった。

「ちょっとだけなら……！」

罪悪感から口の中で言い訳して、すばやく引き出しに手をかける。それが数センチ開いたところで、思わず感嘆の声が出た。

「おお……」

目に飛び込んできた白いレースが、あまりにも神々しすぎて手が止まる。

これが……白河さんの……プライベートな衣類……！

それを目にすることのできた幸せを噛み締めて、天を仰いでいたとき。

「お待たせー」

「うわっ⁉」

びっくりしすぎて、誇張ではなく床から数センチ飛び上がった。その拍子に、今開けた引き出しに、盛大にぶつかってしまう。

「イッテ……ッ！」

やべっ、まだ閉めてない……！

「あれ？　そこ開いてた？　ごめーん」

だが、引き出しが開いていることに気づいた白河さんは、俺を疑う様子もなくそこに視線を向ける。そして、「あ！」と目を輝かせ、両手に持った麦茶をチェストの上に置いて、中から白いレースをつかんで出した。

「ねえ、これ見てー」

「……⁉」

なんてものを披露する気だ⁉

そう思って固まっている俺に向かって、白河さんはなんの躊躇（ちゅうちょ）もなくそれを広げて見せる。

「じゃーん！　ちょー可愛くない？　この前買ったキャミ！　背中が空いたトップスのときに着ようと思ってー」

「………」

目の前に広げられた白いレースのキャミソールを見て、謎の脱力感に襲われた。

「う、うん、いいね……」

いや、白河さんの私服を見られただけで充分すごいことなんだけど、下着だと思い込んでいたのでガッカリ感が否めない。

見せキャミ……見せキャミか……。

やっぱり、人の部屋のものを勝手に見るのはよくない。こんなことはもう二度としないと心に誓った。

「じゃ、お茶飲もー」

と、白河さんは再び麦茶を両手に持つ。

「座って、座って」

「あ、うん、ありがと……」

気を取り直して、勧められた通り座ろうとする。

しかし、どこに？

部屋にソファや座椅子のようなものはない。勉強机の椅子にはストールのようなものがかかってるし、そうなるともう板張りの床に直に座るか、ベッドに座るかしかなくなる。

ベッド……。

いやベッドって⁉

そりゃもちろんベッドをソファ代わりに使うことだってあるだろうし、ベッドに二人並んで普通におしゃべりすることもあるだろうけど……いや、でも、この状況じゃ無理じゃね⁉

この部屋の持ち主は、ずっといいなと思っていた学年一の美少女で、信じられないことに、さっき俺の「彼女」になった白河さんだ。

ベッドに並んで座ってしまったりしたら、とても正気ではいられない。

「……あ、そういうこと？」

なおも座らずにいる俺を見て、白河さんは何を思ったのか、急に得心顔になった。

「いいよ。シャワー浴びてくる？　お風呂一階だから案内しよっか？」

「えっ⁉」

な、何？　今度は何を言われてるんだ？

シャワーなんて言われたら、思考がますますそっち方面に行ってしまうじゃないか……。

それとも、白河さんは極度の潔癖症で、風呂に入った客しか部屋に入れたくないとか？

それとも暗に「臭い」と言われてる？

いやいや、違うよな。さっきまで普通に座れと言ってくれてたし……とグルグル考えていると、白河さんはまたしても「あ、そういうこと？」とひらめいた表情になる。

「リュートはシャワーいらない派なんだ？」

え？　いっ、いや、やっぱそっち方面の話？

混乱する俺は、彼女の次の行動に度肝を抜かれた。

白河さんは麦茶のコップを再びチェストに置き、自分の制服の胸元に手をかけた。

「今日体育あったし、ちょっと汗臭いかもだから恥ずいけど……」

そう言いながら、ブラウスのボタンを一つ外す。日頃から二つ開けられていて開放的な胸元が、第三ボタンが開いたことでさらに露わになり……ブラジャーのレースがチラ見えする深い谷間に、思わず釘付けになって生唾を呑んだ。

こ、これは、正真正銘、白河さんの下着（本人装着済み）……って、ダメだダメだ、そんなマジマジ見たらドスケベだと思われる！

だが、そんな俺の葛藤をよそに、彼女はさらなるボタンに手をかけ、迷いなく外そうとする。

「しっ、白河さん⁉」

そこでようやく確信が持てた。

ここまで来たら、もうそっち方面の話しかない。

さっきのシャワー云々の話。そして、今の発言。それが意味することは一つ。

もしや……いや、もしやどころじゃなく、もう、間違いなく、そうだ。

彼女は俺と、エッチなことをしようとしている……のだ。信じられないことに。

えっ、マジ⁉

いいの⁉

この暗黒の童貞生活から、まさか今日おさらばできるなんて、今の今まで思ってもみなかった。

しかも、相手が白河さんだなんて。

信じられない僥倖……いや、でも、しかし！

ほんとのほんとにマジなのか⁉

「ちょ、ちょっと待って……！」

俺の驚愕の声に、白河さんはボタンを外す手を止めた。

「ん？ どしたの？」

不思議そうな白河さんに、俺は生唾を呑みながら言った。

「な、何してん……です？」

やっぱり早すぎる。いくら妄想盛りの男子な俺でも、こんな急展開は想像していなかった。

　正直ついていけてない。

　何かの間違いかもしれない。

　勘違いで暴走する前に、彼女の真意を確認しなければ。

「何って、エッチじゃないの？」

　直球すぎる答えに、俺はモヤイ顔で固まる。
　マ、マジかよー⁉
　ほんとに⁉　ほんとにいいの⁉

　頭の中がパニックになる俺を、白河さんは怪訝な顔つきで見る。

「え？　てかヤリたくないの？」

「そうじゃないけど……えっ？　えっ⁉」

　いいの⁉　えっ、いや、そっちがいいなら俺はいいけど、えっほんとに⁉

　ほんとにいいの⁉

　戸惑いまくる俺を見て、白河さんはポカンとしている。

「あの……ちょ、ちょっと早すぎない？　さっきまで俺の名前も知らなかったんだよね？

そんな相手と……白河さんは、してもいいの……？」

俺はエロいことがめっちゃしたい。したくてたまらないお年頃だ。

しかも相手は憧れの白河さんだ。妄想の中で弄んだ白河さんのあられもない肢体を、現実に拝めると思うとめちゃくちゃ興奮する。

だけど、今⁉

白河さんと「付き合う」ってことも、まだ信じられてないのに。

あまりにも事がサクサク進みすぎて、ついに戸惑いが性欲を追い越してしまった。

彼女は何を考えている？

もうパニックだ。

「そうだけど、でも、今はあたしの彼氏じゃん？」

ここで白河さんの上目遣い……ヤバいヤバい、めっちゃ可愛い！

「だ、だとしても……まだ俺がどんなやつかもわからないのに、いいの？　もし、しょうもない男だったら？」

「は？」

「それどころか、めちゃめちゃ変態とかだったら……」

「え、なに言ってんの？　リュートってヘンタイなの？」

「ち、違うけど！　もしもの話。だって、白河さん的には、俺がまだどんなやつか、わからないわけだし……」

「ええー？　なにそれ？　テツガク？」

　白河さんは困惑している。

「……それはそれで、しょうがなくない？　彼氏なんだから。どうしてもムリだと思ったら、その時点で別れるしかないじゃん」

　なるほど……。

　とりあえず、白河さんと俺の「交際」に対する意識の違いがわかった。

　白河さんは「とりあえず付き合って関係を進めてみればいい」と思っている。

　でも、俺は彼女との関係を……おそらくもう一生訪れることのないだろう、ずっといいなと思っていた美少女との恋愛を、段階を踏んで、大事に育てたいと思っている……。

　そのことに、今気づいた。

「え、リュートはあたしとヤリたくないの？　男子って、彼女と二人きりになったらエロいことしか考えられないんじゃないの？」

　白河さんは困惑を通り越して、訝しげな表情で俺を見つめている。かと思うと、急に深刻な顔になって「もしかして……」と視線を下げ、俺の制服の股間ファスナーあたりに注目する。

「……いや、違うよ！」

毎朝ビンビンだから心配しないでください！

「そうじゃなくて……二人の関係を大事にしたくて……。白河さんは俺の……かっ、彼女なんだろ？」

またも大事なところで噛んでしまった。言い慣れていないのが丸出しで恥ずかしい。

「だったら、そういうことは、ちゃんとしたタイミングでしたいっていうか……」

「ちゃんとしたタイミング……って？」

白河さんは眉間に皺を寄せている。

なぜ⁉　そんな顔になる場面か？

というか、これって、普通は男女が逆じゃないか？　関係性を大事にしたい女の子と、とにかく早くヤリたい男の構図なら、ありふれすぎてしっくりくる。

そう思ったとき、ふと、ある疑念が心によぎった。

「……あの……さ。白河さんは、そんなに……したいの？」

彼女が男以上にエッチ好きな女の子だったらと想像して、胸の奥がムラッと燃えた。俺の彼女は淫乱ギャル……どうしよう、身が保つかな……と鼻息が荒くなりかける。

だが、俺の妄想に水を差すように、白河さんの眉間の皺は深くなった。

「え？　うーん……？」

その顔は、何か悩んでいるように見える。

「あたしがしたいかなんて、考えたことなかった。どうなんだろ？　ギムってゆーか……付き合ったらするもんだと思ってたし。彼女がヤラせてあげなかったら、他の子に行っちゃうかもしれないじゃん？」

それを聞いた瞬間、ヨコシマな気持ちがちょっとしゅんとなる。

そして、先ほど彼女が言っていたことを思い出した。

──男子って、彼女と二人きりになったらエロいことしか考えられないんじゃないの？

それから、二人で道を歩いているときに言っていたことも。

──あたしが飽きて捨ててると思ってる？　それ逆だから！　あたし、付き合ってる間はめっちゃ一途（いちず）だし！　他の男子に告られてもすぐ断るし。

あのときは聞き流してしまったが、それって、白河さんの方が彼氏に飽きられて捨てられてきた、ってことだよな？

そんなバカな……と一瞬思ったけど。

同じ男として、白河さんの元カレたちの気持ちが想像できないわけではない。

付き合ったその日に、こんなに簡単にヤレちゃったら、すぐに飽きて他の女の子へ目移りしたりすることはあるかもしれない。罰ゲームでもなく白河さんに告白できるくらいの男だから、俺と違って、自信満々の陽キャイケメンなんだろうし。

「…………」

なんか腹が立ってきたな。

白河さんはエッチが好きだからエッチしたいんじゃなくて、彼氏に忖度してエッチさせてくれる女の子なんだ。少なくとも、今までの彼女はそうだった。

それにホイホイ乗っかって、挙げ句、すぐに飽きて捨てるなんて、そんなのカラダ目当ても同然じゃないか。

「……つまり、今日はエッチしないってこと？」

「え？」

いろいろ考えていた俺は、白河さんに話しかけられてはっとした。

「ええっと、いや……」

したい。

正直それはしたい。絶対にしたい。

でも、今ここでしたら……。

俺も結局元カレたちと同じだよな……。

いや、でもやっぱりしたい！

こんなチャンス、二度と来るかわからない。明日、白河さんの気が変わって「やっぱ別れよう」と言われるかもしれないのに。

したいしたい、エッチなことがしたい！

でも、俺初めてだし、上手(うま)くできるかどうか……。ここまで引っ張ってエッチに持ち込んで、いざってときにもたついたら、元カレと比べてガッカリされるよな。鼻で笑われたりしたら立ち直れない……いや、白河さんはそんな女の子じゃないと思うけど……。

こうなったら、もう最後までなんて贅沢(ぜいたく)なことは言わない、白河さんは服を着ててもいい、少しお手を拝借いただければ……って違う違う！　何を考えてるんだ俺！　思考が性欲に乗っ取られておかしくなってきている。

俺は元カレたちとは違う。

それを行動で示したいんだろ？

だったら、選ぶ答えはもう、一つしかないじゃないか……。

「……そうだね……今日は、しない……でおこう……」

心で血の涙を流しながら、そう言うしかなかった。

「ふーん？」

不思議そうに小首をかしげる白河さんがまた最高に可愛くて、俺は言ったそばから自分の決断を激しく後悔したのだった。

◇

五分後、俺は白河さんと散歩をしていた。

部屋にいると、どうしても二人きりなのを意識してしまって普通に話せないから、彼女を誘って外に出たのだ。

二人で家の周りをブラブラ歩いていると、白河さんがふと呟いた。

「リュートって、マジメなんだね」

彼女の心情を読み取ろうと顔を見ると、そこに失望や嘲りの色は表れておらず、そのことにとりあえずほっとする。

ただでさえエッチできなかったことを悔やんでいるのに、彼女からも冷ややかな目で見られたら弱り目に祟り目だ。

「リュートみたいな彼氏、初めてかも」

独り言のように呟いた彼女に、俺はおそるおそる口を開いて、尋ねる。

「……それって、悪い意味？」

「ううん」

白河さんは、俺を見て首を振る。

「そういう男子もいるんだなって思った」

口角を上げて微笑(ほほえ)んだ顔は、薄暗くなってきた夕方の戸外でもやっぱり可愛い。

そんな彼女を見ていたら、やっぱりさっきの俺の決断は間違っていなかったのではないかと思う。

いや、そりゃ、本当は死ぬほどヤリたかったんだけど……。

「あの……白河さん。その、俺、実はさ……」

黙っていても時間の問題でバレると思ったので、思いきって打ち明けることにした。

「女の子と付き合うの……初めてで」

白河さんは、ほんの少し目を見開いた。やはり、歴代元カレにはいなかったパターンなのかもしれない。

「他に仲いい女友達もいないし、ヤラせてくれなかったら別の子に行く……とか、そういうことは絶対ないから。だから……」

内容が内容だけに、屋外で話すのが憚(はばか)られて小声になる。

「これから先、そういうことするときには、白河さんの方にも、俺と『したい』って、ちゃんと思っててほしいっていうか……」

童貞全開だと笑われるかもしれないけど、彼女とは、心からの好き同士で結ばれてイチャイチャしたい。

いつか大好きな女の子とそんな日を迎えられることを、心の奥底でずっと思い描いて、夢見てたんだ。

さっきは我を忘れて暴走しかけたけど、踏みとどまれてよかった気がする。

「少なくとも、義務とかそういうふうには、思っててほしくないんだ」

言えた。

さっき部屋でちゃんと言えなかったことを、今伝えられた。

「……そっか。そういうことね」

しばらくして、白河さんはそう言って俺を見た。その顔は、心のモヤモヤから解き放たれたようにすっきりして見える。

「ご、ごめん……。白河さんは、俺のために……してくれようとしたのに」

「いーよ。リュートの考えてることはわかったから」

気さくに言って、白河さんは前を向く。と思うと、前方から買い物袋を提げて歩いてきたおばさんに自分から「こんにちはー」なんて声をかけていて、隣人の顔もまともに見たことがない俺は感心してしまう。

つくづく、いい子なんだなと思う。きっと、ご両親やおばあさんに愛されて、のびのびと育ったんだろう……なんてことまで想像して、勝手に和んでしまう。

ああ、こんな素敵で可愛い子と、やっぱりエッチしたかった……いや、もう悔やんでいてもしょうがないんだけど……。

「じゃあさ、もしあたしがリュートとエッチしたくなったら……」

白河さんがそんなことを言い出すから、俺はドキッとして背後を確認する。まだおばさんとすれ違ったばかりだ。

そんな俺の反応を「ビビりすぎ」と面白そうに笑って、白河さんは上目遣いで俺を見つめた。

「そのときは、リュートに言えばいいってことだよね？」

「う、うん、そうだね……」

願わくは「そのとき」があまり遠い先でなければいいなぁと思うけれども、急かしてまた気を遣わせるといけないから口にはできない。

「りょ！」

白河さんは明るく答えて、上機嫌に笑った。

「そのときって、もしかしたら、うちらの関係がもう『薄っぺらな好き』じゃなくて『本物の好き』になってる頃かもね」

そう言われて、ドキッとする。俺はもう充分白河さんに惚れてるけど、彼女の方も俺を大好きになってくれて、カップルらしくイチャイチャできる……そんな日が来るって、信じてもいいのだろうか？

生きててよかった。

白河さんからこんなことを言ってもらえる日が来るなんて、生まれてきて本当によかった……！

家の周りを三周したあと、改めて白河さんを家まで送ると、玄関の前で彼女は微笑んで言った。

「すぐエッチしないのも、いいかもね。こういうワクワク、初めてかも」

そして、ドキドキして何も言えないでいる俺に向かって、白河さんはとびきり可愛い笑顔で手を振った。

「今日からよろしくね。あたしの彼ピッピ！」

◇

そして、夢心地のまま家に帰ったあと。

「やっぱりヤッときゃよかった〜うおおおお――――！」

激しい後悔の念に襲われてベッドの上で悶絶したのは、白河さんには秘密の話だ。

第二・五章　ルナとニコルの長電話

「ねーニコル、聞いて～！　あたし、彼氏できた」

「は⁉　何それ！　いつの話⁉」

「今日の放課後～」

「えっ、誰⁉　ハルマ？　カイセイ？」

「違ーう！　たぶん絶対当たんないと思う」

「ウソ、マジで誰⁉　そんな話、全然してなかったじゃん！」

「だって、今日いきなり告られたんだもん。同じクラスのカシマリュートくん」

「はぁ……誰それ？　そんな男子いたっけ？」

「うん、あたしもよく知らなかったけど、あたしのこと好きなんだって。面白そうだから付き合うことにした」

「え、マジで誰だかわかんないんだけど！　何部？」

「さあ、まだ聞いてないけど。放課後も普通に帰れるみたいだから、帰宅部じゃん？」

「ふーん。イケメン？」

「うーん……普通かな？　でも嫌いじゃないよ」

「ごめん、やっぱ全っ然わかんないわ。で、ヤッたの？」

「まだー」

「ルナにしては珍しいじゃん。家の人がいた？」

「ううん。でも、今日はしないんだって、リュートが」

「えっ、向こうが断ったの⁉」

「うん」

「ありえなくない⁉　何その男！」

「なんか、二人の関係を大事にしたいんだってー」

「は？　意味わかんないんだけど。バージンでもないのに」

「だよねー」

　軽く笑い声を立てて笑ったあとで、ルナは自分の赤いネイルを眺めながら呟く。

「なんか、ちょっと変な人なんだ。だから、なんかちょっと面白くて、なんか気になるんだよね」

第二章

　夢みたいなことが、昨日からずっと続いている。

　でも、何度頬をつねっても目が覚めないし、夜にはちゃんと夢を見た。遠くから白河さんのことを見ている夢……。そこからちゃんと目が覚めたから、きっとこれは現実なのだろう。

　信じがたいことに……俺は白河さんと付き合っている……。

　そんなことを考えてドキドキしながら登校し、白河さんとの……交際二日目の学園生活が始まった。

　学校に着いて自分のクラスへ向かうと、教室前の廊下にいたイッチーが、俺の姿を見てすっ飛んできた。

「うおおおおおおおい！」

　俺の肩にガシッと手を置いて、血走った目を向けてくる。

「どういうことだ⁉　あれからどうなったんだよ一体⁉　LINEしても『いろいろあった』しか返ってこねーし、こっちは気になりすぎて眠れなかったんだぞ⁉」

「お、おう……ごめん。あの……。行ったんだよ……白河さんの家に」

「いっ、いえええええええぇ⁉」

イッチーは陰キャらしからぬテンションで叫び、卒倒しそうに青ざめる。

そのとき、背後から低い声が聞こえてきた。

「ヤッたのか？」

振り返ると、ニッシーが能面のような表情で立っていた。

「うおっ、びっくりした」

「答えろ。ヤッたのかと訊いてるんだ」

ニッシーは尋問のごとく、厳しい声色で問い詰めてくる。

「どうなんだ、カッシー」

「教えろ、正直に！」

イッチーも緊迫の面持ちで詰め寄ってくる。芋虫みたいな指が肩に食い込んできて、本気で痛い。

「……ヤッてないよ」

「「なぜ⁉」」

　二人が同時に声を荒らげる。

「家族がいたのか⁉」

「いや……」

「意外とガードが固かった⁉」

「いや、向こうはその気だったみたいだけど……」

　俺が答えると、二人は般若の面のようにくわっと牙を剝く。

「「じゃあなぜ⁉」」

「い、いろいろと準備が……」

「だぁから俺がいつも言ってるだろ！　陰キャだってゴムの一つくらい持ち歩くべきだと！　紳士の嗜みだぞ！」

　イッチーが巨体を揺らして叫び、登校してきたクラスメイトたちが奇異のまなざしを俺たちに注いで教室に入っていく。

「いや、そういう準備じゃなくて、心の……」

「こころぉ⁉」

「お前は乙女か⁉」

「モテないくせに、なんで貴重なワンチャン狙っていかないんだよ⁉」

二人に詰られて、廊下の壁に追い詰められた俺は縮こまる。

ただでさえ白河さんとエッチしなかったことを悔いる気持ちがあるのに、そんなに責められると辛くなってくる。

「いや……でもさ。これから付き合っていくんだから、そういう機会はワンチャンじゃないだろ……？」

俺の答えに、二人が一気に真顔になった。

「カッシー……」

「お前まさか、本当に白河さんと付き合えると思ってるのか……？」

「えっ？」

戸惑う俺に、二人は哀れな生き物を見るまなざしを注ぐ。

「相手はあの白河月愛だぞ？　学園ヒエラルキーの頂点だぞ？　陰キャをからかって遊んだだけに決まってるだろ。数々の男をとっかえひっかえしてきたビッチな彼女が、昨日はどんな気まぐれか一夜の相手にお前を選ぼうとしてくれたのに、なんで彼氏面してスルーしてるんだよ」

「えっ？　えぇーっ……⁉」

戸惑う俺を見て、ニッシーがやれやれというように首を横に振る。

「まあいいよ、もう少し夢を見させてやろうぜ、イッチー」

「そうだな。すぐに現実を知ることになるだろうし」

俺に憐憫の視線を向けながら、デコボココンビ二人は肩を組んで廊下を歩いて去っていった。

「…………」

えっ？

そ、そうなのか？　でも、からかわれてるわけじゃないよな？　白河さんと付き合ってる……んだよな……？

二人に言われて、なんだか急に不安になってきた。

そのとき、制服のポケットの中で、スマホが震える感触がした。

「……ん？」

取り出してみると、LINEのポップアップが目に入った。

☆LUNA☆
寝坊しちゃった〜。°。°ぴえん（、；ω；、）

白河さんからだ。

これを見ると、やはり昨日の出来事は夢や幻ではなかったと思える。

付き合ってなかったらこんなメッセージを送ってくるわけがないし、そもそも連絡先の交換すらできないだろう。

陰キャの反応を楽しむため、ちょっと俺をからかおうとしただけなら、ここまで面倒なことをするはずがない。代償がデカすぎる。

そう考えて、自分を安心させる。

昨日も、別れて帰ってから、夕飯のあと、寝る前と、白河さんは何度かメッセージをくれていた。

りゅうと
駅まで自転車で行って、急いで来れば一限には間に合うよ。頑張れ！

俺はこんな面白味のない返ししかできないけど、その都度すぐに返信している。

またスマホが震えて、白河さんからメッセージが返ってきた。

☆LUNA☆
鬼マジレスぴえん（´；ω；`）がんばる（´；ω；`）

「鬼マジレス……」

面白味のないことしか言えなくてごめん。

でも、普通にマジレスしかできないよ。白河さん相手にウケを狙って滑ったら、もう一生冗談なんか口にできなくなってしまう。

何か返事を書こうかと思ったけど、彼女も準備で忙しいだろうし、ここは「頑張れ」スタンプを送るくらいにして、スマホをしまった。

またすぐスマホが震えて、あまり可愛（かわい）くないウサギのキャラの焦（あせ）り顔スタンプが送られてくる。

「それより早く支度しないと」

思わず苦笑が漏れて、今度こそスマホをしまった。

白河さんは、一限目の終わり頃に登校してきた。巻き髪も唇のツヤもいつも通りバッチリで、身だしなみにかける時間は譲れなかったところが彼女らしい。

その可愛い姿を見て、昨日の夢のような時間を思い出し、やっぱりヤラせてもらえばよかった……と後悔の念に苛まれる。

そして休み時間になると、白河さんはフラッと俺の席へ近づいてきた。

「おはよー」

「……お、おはよう」

俺は周りの視線が気になって、不審者のように辺りを見回してしまう。

「遅かったね」

話を早く切り上げたくて、間を置かずに自分から振った。

「んー、寝坊しちゃった」

「どうしたの？　寝るの遅かった？」

巻き目に会話を進める俺に、白河さんは神妙な顔で口を開く。

「リュートのこと考えてたら、なんか眠れなくなっちゃって」

「えっ？」

ドキッとして、思わず周りの様子をうかがうのも忘れて彼女を見つめる。

「リュートみたいな人、初めてだから。なんか不思議で」

「え、そう……？」

自分で言うのも悲しいけど、わりと量産型の陰キャだと思うけど……。まあ、白河さんの周りにいなかったタイプなのは間違いないだろう。

「ルーナー！」

そのとき、教室の奥の方からイケてる女子が白河さんを呼んだ。

イケてる女子グループの中でもかなり存在感の強い、白河さんと一番仲のいいガチめのギャルだ。

「………」

彼女にジロリとにらまれた気がして、俺は首をすくめて空気との同化を試みる。

「ん～？」

白河さんはそんなことには気づく様子もなく、俺に小さく「じゃあね～」と言いながら去っていった。

白河さんは、それからも休み時間になるとちょこちょこ俺に話しかけてくれた。

嬉(うれ)しい反面、周りの視線が気になって仕方ない。

特に、あの強めギャルの、俺を敵視するような視線が。

「……あのさ、白河さん」

何度めかににらまれたあと、俺は我慢できずに白河さんに小声で言った。

「俺と付き合ってること、誰にも言ってないよね？」

「え？」

白河さんは「なんでそんなこと訊くの？」と問いたげな目で俺を見る。

「親友のニコルには言ったけど」

「………………」

あの強めギャルだ。確か、名前は山名笑琉。一年の頃から、白河さんとよく一緒にいた。

「なんで？　なんかダメだった？　リュートは仲良い友達にも言ってないの？」

白河さんは無邪気に尋ねてくる。

「いや……知られてる友達が、二人」

「ほらぁ」

途端に分が悪くなり、こちらも口止めしていたわけではないので何も言えない。そもそもイッチーとニッシーは白河さんと付き合うことになったきっかけを作った連中だし、俺から話したわけじゃないんだけど、仕方ない。

「……ただされ、俺と白河さんが話していると、目立つっていうか……」

辺りをチラ見しながら、そう話す。

休み時間の雑多な雰囲気にまぎれてはいるが、白河さんみたいな女子が一日に何度も俺みたいな陰キャに話しかけているのは、白河さんウォッチャー（きっといると思う。俺もそうだった）の目には奇異に映るに違いない。

「……それって、学校ではあんまり話しかけずに、付き合ってるのを秘密にしろってこと？」

声を落とした白河さんに訊かれて、俺はぎこちなく頷く。

「ん……えっと、そう、だね。そうしてもらえると助かるかな……」

そんなお願いできる身分なのかって話だが、そんなこと言ったらそもそも白河さんと付き合っているってこと自体、分不相応だ。

「……わかった」

白河さんは不承不承ながら承諾してくれた。

「じゃあ、あたしがリュートと話していいのはいつなわけ？」

「えっ」

急にそんなこと訊かれて、面食らってしまう。

「……ど、土日とかに会えばいいんじゃないかな？」

いきなりこんなことを言ったら図々しいだろうか。お前みたいな陰キャが休日の白河さんを独占するなんて百年早いと、頭の中でもう一人の自分が説教してくるけど、とっさに考えた結果、これしか思い浮かばなかった。

「それって、デートってこと？」

「ぶえっ⁉」

白河さんが急に普通の声量に戻って訊いてくるので、俺は変な声を出してしまう。

幸い、前の授業は理科室で、まだ教室に帰ってきている生徒はまばらだったので、近くに聞き耳を立てていそうな級友はいなかった。

「そ、そう……だね」

デートというワードにドキドキしてしまって、視線が落ち着きなくさまよう。

「ダメだったら、別に、全然いいんだけど……」

って、曲がりなりにも「彼氏」なのに、デートを拒否されたら相当ショックだ。

「ううん、いいよ」

白河さんは即答した。

「日曜は予定あるけど、土曜は空いてるし。どこ行く？」

そこで予鈴のチャイムが鳴り、俺は自分から「じゃ、じゃあ……」と彼女の傍を離れた。

いまだ逸(はや)る鼓動のまま、自席で教科書などを準備して、やや現実に返った俺は、思わず呟(つぶや)いた。

「つか土曜って……明日じゃん」

初デートがまさかの明日でノープラン。

相手はあの白河さんなのに⁉

◇

その後の授業は手につかなかった。

けれども、いくら考えたところで、モテない陰キャが白河さんを満足させるような素晴らしいデートコースを思いつくわけがない。

机の中に隠したスマホをこそこそのぞきこんで「デート　場所」と検索しても、上位結果にはありきたりなアイデアしか出てこない。

そんなことをしているうちに、悩みすぎて気持ち悪くなってきてしまったので、一旦デートのことは忘れることにした。

放課後、白河さんは例によって親友の「ニコル」と楽しそうに話していたので、俺はどこかそわそわしながら、イッチーと一緒に教室を後にした。

そして、ちょうど家に帰って自室で一息つき、ＫＥＮの新作動画でも見ようかなとスマホを手に取ったとき。

白河さんからLINEの通知が来た。

「えっ⁉」

メッセージじゃない。着信だ。

しかもビデオ通話の。

「ええっと、うわぁっ……⁉」

何かまずいものが映り込みはしないかと背後を確認し、ベッドの上で正座した俺は応答ボタンを押す。

「も、もしもし……⁉」

「わーいリュートだ〜！」

画面に映った白河さんは、嬉しそうな顔でこちらに手を振る。

背景を見ると、白河さんも自室にいるみたいだ。ということは、あれからほどなくして帰宅したということか。

「ど、どうしたの？」

白河さんの部屋着らしいピンクのモコモコパーカー（ファスナーがガッツリ下げられ、やっぱり谷間が見えている）に動揺していると、彼女はちょっと唇を尖らせる。

「明日のデートのことだよ。自分から誘ったんじゃーん！　まさか忘れた？」

「あ……デ……」

デート。何度聞いてもすごいパワーワードだ。というか、あれでも一応俺から誘ったことになるのか……？　それなら、なんかありがたい。

「そうだよ、デート！　どこ行くー？」

「ええっと……」

とっさに思い出したのは、授業中に検索した内容だった。

「初デー……トだし、映画とか……？」

「ふーん？」

画面の向こうの小さな顔が、ゆっくりと小首を傾げる。

「そんなとこでいいの？　なんか見たい映画あるとか？　リュートって映画好きなの？」

「え、う、ううん……」

映画館なんて年一くらいしか行かないし、今の上映作品もよく知らない。

「リュートは、あたしと何がしたいの？　なんでデート誘ってくれたの？」

白河さんの目が、誘うようにこちらを見ている気がする。

そのことに軽くうろたえつつ、口を開いた。

「白河さんのこと……もっと知りたいから」

「あたしの、何を知りたい？」

白河さんが身じろぎすると、両腕に押されて谷間がさらに深くなり、俺はゴクリと生唾を呑んだ。

「いいよ。リュートのしたいこと、なんでもするよ……？」

白河さんの顔つきは優しい。今すぐにでも男の欲望を叶えてくれそうな女神の微笑をたたえている。

だけど、ここで「じゃあホテル行こーぜ！」なんて言えるくらいなら、十六年も陰キャやってないんだよ！

それに、白河さんとの関係を大事に育てたい気持ちは本当だ。白河さんが、俺としたいと言ってくれるまで待つ。その考えに揺らぎは……ない。

こんなふうに欲望を刺激されると、ちょっと自信がなくなってくるけど。今、白河さんが目の前にいなくてよかった……。

「……白河さんは？」

言葉に詰まっていた俺は、そこで質問を返した。

「白河さんは、休みの日に何したい？」

「え……？」

俺の問いに、白河さんは少し目を丸くする。

「あたし？　なんで？」

「白河さんは、どんなことをするのが好きなのかな……と思って」

「えー、あたしはねー」

白河さんはちょっと嬉しそうに口角を上げ、斜め上に視線を上げる。

「服が好きだからショッピングでしょー、それにコスメ試したり、可愛いカフェ行ったり

ー……」

「じゃあ、それをしない？」

「えっ……？」

白河さんは驚いたように目を見開く。

「あたしのしたいことに、付き合ってくれるの……？」

「うん。俺、特に街でしたいことないし……。だったら、したいことがある方に合わせた方がいいかなと思って」

白河さんと過ごすこと自体が、俺にとっては人生の一大イベントだから。そこからさらに望むことなんて、考えてもなかなか思いつかないんだ。

俺の言葉を受けて、白河さんは目をぱちくりさせる。

「……なんか、リュートって、やっぱちょっと変わってるね」

そう言って、彼女は少し笑った。

「そんなこと言う彼氏、初めてなんだけど」

今、確信が持てた。白河さんはただの尻軽ビッチじゃない。

なんでも彼氏に合わせようとしてくれて、今まで彼氏に合わせすぎた結果、彼女というより都合のいい女に成り下がり、飽きられて乗り換えられてしまった、残念な美少女なんだ。

「なーんか、リュートって、ほんと変わってるよね……」

まだしみじみ呟いている白河さんを見ながら、俺は元カレたちとは違うと心で呟く。

それから待ち合わせについて軽く話をして、電話を切った。

「じゃあねー、また明日！」

「うん、また明日」

画面から彼女の顔が消えると、ほっとしたような、名残惜しいような気持ちになる。

そして、次にこみあげてくるのは。

「うおおお————！」

あんな可愛い子と、二人きりでビデオ通話した……！

しかもしかも、あの美少女は、俺の彼女で……！

「マジかよぉ————！」

自分の部屋なので、興奮で悶絶しながら、思う存分ベッドの上を転げ回る。

「あー白河さん……」

部屋着姿の白河さんも可愛くて、ちょっとエッチで最高だった。

学校のみんなは知らない、自分の部屋での白河さんの姿。

白河さんの部屋かぁ……いい匂いだったな。

お宅訪問したときのことを思い出して、ムラムラが蘇るのと同時に、後悔の念に襲われる。

「なんであのときしなかったんだ……」

こうなってしまっては、もう白河さんが軽い気持ちで部屋に誘ってくれることもないかもしれない。

でも、元カレと一緒にはなりたくなかったんだ。

まあ、俺なんかとは一緒にはなりようもない、陽キャイケメンたちなんだろうけど……。

「……いかんいかん！」

こんなことをグルグル考えて、夜は更けていくのだった。

生まれて初めてちゃんと好きになった異性は、黒髪ロングの清楚な美少女だった。俺のトラウマになっている、中一のときの告白相手のことだ。

もともと、俺はそういうタイプの女の子が好きだった。アニメやゲームでも、セクシー系の女性キャラより断然、清純タイプを推してしまう。

だから、こうして好みと正反対のド派手タイプ美少女と一緒にいる自分を、なんだか不思議に感じる。

しかも、この美少女は、俺の……彼女だっていうんだから。

それを考えると、居ても立ってもいられず、まだ慣れなくて、そわそわした気分になってしまう。

誰かに見られたらどうしよう。見られたい気持ちもないではないけど、なんであんな陰キャがと誹られるのは怖い。

土曜のデート当日。俺はそんなことを考えていろいろな意味でドキドキしながら、白河さんと歩いていた。

新宿の駅ビルのファッションフロアで、俺は興奮する白河さんを見守っている。

「わ、ヤバ！　これめっっっっちゃ可愛くない⁉」

「めっかわ‼　マジで可愛いがすぎる～！　こんなのイロチ買い案件じゃん～！」

正直、俺には彼女が絶賛するものの良さがわからない。どうやって着るのかわからない背中がベロンベロンに空いたトップスとか、やたら赤くてベタベタする口紅とか、俺の理解を超えたものを手に取ってはテンションを上げている。

理解に苦しむといえば、白河さんの今日の格好もすごかった。

両肩がガッツリ空いた白いトップスに、革っぽい質感の黒いタイトなミニスカート、それにかなりのハイヒールの黒サンダルを合わせて、蛇柄みたいなバッグを持っている。

ギャルだ。俺みたいな量産型DKは隣に並んで歩くのすらおこがましい、どこへ出しても恥ずかしくない立派なギャルだ。

そして、やっぱりむちゃくちゃ可愛い。

「え、ねえ、あの子めっちゃ可愛くない？」

「なんかのモデルかな？　ギャル系詳しくないからわかんないけど……」

大学生くらいの女子二人組が、白河さんを見てヒソヒソ話しているのも耳にした。

やっぱり、白河さんの可愛さは、都心の街でも目立つレベルなんだ。

そう考えたら、そんな女の子の「彼氏」として歩いていることがおそれおおくて、でも嬉しくて、ますますドキドキしてしまう。

ああ、やっぱりエッチすればよかった……いやいや、俺は元カレとは違う、なんてグルグル考えて頭の中が忙しい。

そんな俺の横で、白河さんは商品に夢中だ。

「わーヤバ！　めっかわ～上がる～！」

さっきからほとんど同じ語彙を使い回しているが、彼女の感動は本物のようで。

日本人離れしたくっきり二重の大きな目がキラキラ輝いて、いつも以上に盛られたマスカラまつげが喜びに震えている。触れたらちゅるりと音を立てそうなグロス仕立(じた)ての唇にもそそられる。

俺、実はギャルが好きだったのかな……？

いや、白河さんが可愛いからだ。そして、ギャルのメイクやファッションが彼女にとても似合っているから、俺の趣味とは全然違うけど、受け入れることができてしまうんだと思う。

そんなことを思いながら、服やコスメをウィンドウショッピングする白河さんを見守ること約二時間。

その後に訪れたインスタ映えするカフェで、パフェのように盛り盛りに盛られた飲み物を飲んでいた白河さんが、ふと俺に尋ねた。

「……ねぇ、リュート？」

お店で興奮しっぱなしだったときより、だいぶトーン低めの声色だ。

「だいじょぶ？　やっぱ、こんなデートって、つまんなくない？」

「そんなことないよ」

本当にそう思っていたので答えたのだが、白河さんの茶色い平行眉が八の字形に曲げられる。

「……ウソ。だってリュート、お店の商品全然見てなかったじゃん？」

「え、えっ？　いや、えっと、それは……」

確かに事実だけど。

だって、男が女物のファッションアイテムを見たって……それもユニセックスな物ならまだしも、バリバリのギャル向け服を見たって、興味が湧いてくるわけない。そこを取り繕うことはできなかった。

「……でも、とにかくつまらなくはなかったよ。……白河さんを、見てたから」

キモいと思われることを恐れながら、最後におそるおそる本当のことを付け足した。

俺の答えに、白河さんは驚いた顔になる。

「どーゆーこと？」

「えっ⁉」

深掘りされると思ってなかったので、ややうろたえる。

「いや、あの……そういう服好きなんだなとか、嬉しそうで可愛いな、とか……うわ、ごめん、キモいな、俺……」

自分で耐えきれなくなって自虐的に言うと、白河さんは真顔で首を横に振る。

「買い物するあたしを見てるのが、楽しかったの？」

尋ねられて、俺は頷く。

「楽しそうな白河さんを見てると……なんか、俺も楽しくなっちゃって」

「…………」

白河さんは面食らったように押し黙った。

何かまずいことを言ってしまったか？　と見守っていると、続いてその両頬がピンク色に染まってくる。

「……何それ……なんか恥ずいじゃん」

「…………」

か、可愛い！

あの白河さんが照れてる⁉

「……やっぱ、リュートって変わってるね」

そう言って見せてくれたはにかみ笑顔は、まるで幼女のように無垢で愛らしい。

どうしよう。

白河さんのことが好きだ。

いや、ずっといいなと思ってたけど、付き合い始めてから、どんどん好きになっている。

そのとき、テーブルに置かれた白河さんのスマホが震えた。

「あ、ニコルからだ」

暗かったスマホの画面が点灯して、メッセージのポップがいくつも現れる。

白河さんは俺に「ちょ、いい？」と断ってスマホを取り、黙ってフリックを始める。おそらくメッセージを返しているのだろう。

俺はすることがなくなり、手持ち無沙汰に店内を見回した。

白河さんが連れてきてくれたのは、リゾートビーチをモチーフにした、テラス席のカフェだった。通路がビーチサイドみたいなウッドデッキになっていたり、実際に白い砂を敷き詰めたゾーンもあったりして、俺一人では確実に入らないであろう陽キャ感満載のカフェだ。

俺みたいな陰キャがこんな場所にいてもいいのだろうか？　と落ち着かない気分になってしまったので、目の前の白河さんに視線を戻す。

どの角度から見ても、白河さんは本当に可愛い。今日こうして隣で行動を共にして、つくづくそう感じた。

俺はどうだろう？　どの角度から見てもマヌケ……イケてない……なんて思われてないといいんだけど……。

「…………」

まあ、そんなことを考えても仕方ない。俺が白河さんに釣り合うイケメンでないのは変えようがないのだから、せめて内面だけでもしっかりしなくては……自信はないけど……。

白河さんは、まだスマホに文字を打ち込んでいる。本当に「ニコル」と仲がいいんだなと思う。

俺なんか、メッセージを打ち込むのがめんどくさくて、イッチーやニッシーともLINE

なんて滅多にしないし、したとしても用件のみの一、二往復で終わるやつだ。

白河さんは、ゆうべも「ニコル」と深夜まで長電話していたらしい。休日前はそれが日課なので、待ち合わせ時間はお昼以降だと嬉しいと伝えられた。だから、今はもう夕方の四時過ぎだ。

昨日も電話で話していたはずなのに、一体、何をそんなに忙しく伝えているのだろう？

いつまでもスマホを離さないところを見ると、チャット状態に突入しているのだろうし。

……もしかして、俺への愚痴？

「…………」

いやいや！　被害妄想はよくない。

こんなことを考えてしまうのも、全部俺の自信のなさのせいだ。

俺は変わらなきゃならない……今すぐは無理かもしれないけど、できる範囲で。

白河さんに何か言われたわけでもないのに、勝手に自信を無くすのはやめよう。……うん、やめたい。

可愛い女の子を信じられないというトラウマを克服しない限り、こんな超絶可愛い彼女と付き合い続けることはできないのだから……。

でも……なんでだろう。白河さんのことは素直ないい子だと思っているのに、ふとした瞬間、俺をフッた美少女の顔と重なってしまうことがある。

二人は全然違うタイプなのに、不思議だった。

「……も〜ニコルのやつ〜！」

そのとき、今まで黙ってスマホをいじっていた白河さんが、画面を一度タップしてスマホを耳に当てた。

「だ〜からぁ〜、今リュートとデート中なんだって」

電話口から「知ってる！　だから電話したしー！」と甲高い女子の声が聞こえてくる。

「……えぇ〜？　……あーそんなのいいじゃん、あとで話すからぁ」

何かをしつこく訊かれているのか、白河さんはちょっと面倒臭そうな声を上げる。

「だから〜ルミネ行ってぇ、セシルの服見て〜、エチュハウのコスメ見て〜、ビーチカフェ来て〜……うん、そうそう、全部あたしが行きたいって言った」

白河さんは楽しそうに話している。

「……だよね。こんなデートするの初めて」

テーブルの上の甘そうな飲み物のグラスを見つめ、本当に心を許した人にだけ見せる、甘えた微笑を浮かべる白河さん。

その顔を見たとき、さっきまで考えていたことがどうでもよくなるくらい、胸の奥がきゆっとときめいた。

こんな可愛い女の子が、俺の彼女なんだ。

ここにいる白河さんは、過去に元カレたちといろいろな経験を積み重ねて、そして今、俺の彼女として目の前に座っている。そのことは、俺にとって苦い事実だけれど……。

彼女の今までの恋愛が幸せなものだったのなら、彼女は今、ここにいなかったかもしれない。彼女が付き合っていた男たちは、彼女を都合よく扱って、捨てた。

俺は、そんな元カレたちと同じことはしない。彼女を幸せにしてあげたい……。

とは、思うものの。

結局、何をしてあげればいいかわからない。気合だけが空回りしている。

やっぱり、俺のマイナス思考は、この「彼氏としての自信のなさ」にあるみたいだった。

それがわかったところで、どうしたらいいかなんて、わからないんだけど。

「どしたの、リュート？」

いつのまにか、白河さんは親友との通話を終えて、俺を不思議そうに見つめていた。

「あ、うん……。来週の漢字テストのことを思い出して、やべーと思ってた」

それを聞いて、白河さんの眉間に盛大に皺(しわ)が寄る。

「わ～マジだ。テン下げ～……せっかく完全に忘れてたのに～！」

「じゃあ、よかったじゃん」

「忘れさせてて欲しかった〜〜！」

「そしたら勉強できないよ」

頭を抱える彼女に笑ってツッコんで、俺は大人ぶって頼んだ目の前のブラックコーヒーを、胸の中の苦みとともに味わった。

第二・五章　ルナとニコルの長電話

「あ、ニコル～おつおつ」

「で、今日のデートはどうだったわけ？」

「ん～さっき電話で言ったじゃん。買い物行って、お茶して帰った」

「え、ほんとにそれだけで帰ったの？」

「うん」

「マジで今日もなんもなし？」

「うん」

「指一本触れず？」

「うん」

「へぇ～……」

「……なに？　どしたの？」

「あたし、ちょっと思ったんだけどさ」

「ん？　なにを？」

「ルナに合う男ってどんなやつだろって、ずっと考えてたの」

「え～なにそれ！　初めて聞いたんだけど！」

「だってあんた、全然男見る目ないんだもん。親友としては心配するよ」

「ニコル～……！」

「で、ひそかにね、ずっと考えてたわけ」

「……んで？」

「ん～、まだ自信はないんだけどさ」

「うん」

「その、リュートってやつ？　は、けっこう……あたしが考えてた『ルナに合う男』に近い気がする」

「………………」

「どした？」

「ううん。……ニコルがそんなこと言ってくれるなんて、意外だったから」

「えーなにそれ？」

「だって、リュートって変わってるじゃん？」

「んー。まあ、あたしはまだよくそいつのこと知らないけど。今までの男よりはマシって程度かもよ?」

「あはは、やっぱニコルはきびしーな〜」

「当然。もうあたし、泣いてるルナを見たくないし」

「………」

「まー、まだいろいろわかんないけどさ。うまくいくといいね」

「そだね。頑張るよ」

「でも、合わないと思ったら、無理して頑張らなくてもいいんだよ。ルナは優しいから、自分からは言えないだろうけど」

「ん……。とりま、あたしはリュートと付き合っていきたいと思ってるよ」

「そっか」

「だって、リュートといると、なんか居心地いいんだよね。あたしがあたしでいられるっていうか」

「ならよかったよ」

「これが『大切にされる』ってことなのかなぁ? まだよくわかんないけど」

スマホを耳に当てて部屋の天井を見つめる月愛(るな)の口元に、ささやかな微笑が浮かんだ。

「このままリュートとうまくいくといいなって、そう思ってるんだ」

白河さんは、男女問わずクラスメイトに人気がある。

ということは、当然、男ともよく話していることがあるわけで。

前までは特になんとも思わなかった別世界の光景だけど、こうして「彼氏」になった今、休み時間にそういう姿を見てしまうと、少なからず胸がざわつくものがある。

ましてや、相手がサッカー部のレギュラーの陽キャイケメンだったりすると。

だけど、俺に白河さんの交友関係に口を出す権利なんてない。「俺以外の男を見るな」なんて、少女漫画のドSイケメンだったら言えるかもしれないけど、俺には到底無理だ。

それに、俺は白河さんに変わって欲しいわけじゃない。

よくよく考えてみれば、俺が好きになったのは、男女問わず大勢の友達に囲まれた、人気者の白河さんだ。そんな彼女が、俺と付き合ったからって、俺と同じく同性の友達数人しかいない陰キャになればいい……なんてことは、絶対に思わない。

「しかし、あのサッカー部、最近ほんとよく話しに来るな……」

付き合う前から白河さんウォッチャーだった俺は、彼女の取り巻きの顔はなんとなく把握している。件(くだん)のサッカー部は、ここ一、二週間で急に白河さんに接近してきたニューフェイスだ。

そのとき、サッカー部と話していた白河さんがふとこちらを向いて、俺と目が合った。

「あ、リュ……」

微笑(ほほえ)んで何か言おうと口を開きかけた彼女は、そこでサッカー部の視線に気づいた。

「どした?」

サッカー部に訊(き)かれた彼女は「ううん」と軽く首を振る。そして、再び軽く微笑んで、俺から視線を逸(そ)らした。

学校で話しかけないで欲しいという俺の希望通りにしてくれているのだから、彼女の態度に不満はない。

だけど、みんなの前で「白河さんは俺の彼女だ」って言えたら、この小さなモヤモヤも消えるのかなと、こんなときは思ってしまう。

「なあ……やっぱり、秘密にしておいた方がいいよな?」

いつもの三人で昼飯を食べているとき、俺は思いきって訊いてみた。

「どうした友よ」

イッチーが俺を見て尋ねれば、ニッシーも気遣わしげに口を開く。

「お前がＫＥＮキッズってことか？　当たり前だろ。ＫＥＮは俺たちの中では神だけど、一般人にとっては無名どころか人を撃つゲームの元プロという殺し屋とも大差ない存在だ。カミングアウト（CO）してもクラスメイトに気味悪がられるだけだぞ」

「違うよ。てか、人狼用語（ゲーム）使うなって」

ニッシーは俺たち三人の中でもガチガチのＫＥＮ信者のくせに、神に対してひどい暴言を吐くものだ。

「そうじゃなくて……白河さんと俺が付き合ってるってことだよ」

声を潜めて言うと、二人の肩がピクッと上がった。かと思うと、俺の方を一瞥（いちべつ）してから目を見交わし合い、気の毒そうに眉を下げた。

「カッシー……まだそんなこと言ってんのか」

「まあ、仕方ないよ。童貞なんてそんなもんさ」

「どういう意味だよ？　てか、お前らだって童貞だろ」

俺のツッコミを意に介さず、二人はやれやれというように肩をすくめる。

「いいか、カッシーの告白をオーケーしたのは、白河月愛（るな）一流の冗談だ」

「そ。そんな陽キャジョークを真に受けて、未だに付き合ってるつもりでいるなんて、哀れを通り越して滑稽だよカッシー」

「え、えぇ……⁉」

ちゃんと毎日LINEも来るし、土曜日はデートだってしたんだけどと反論したかったが、二人が聞く耳を持ってくれる様子はない。

「そんなアホみたいな夢を見てる暇があったら、俺たちみたいにキッズのトップを目指した方がよっぽど建設的だと思わないか？」

「そうそう。生身の女はすぐ連絡をくれなくなるけど、KENは俺たちを裏切らずに毎日新しい動画を上げてくれるだろ？」

いや、お前ほんとに生身の女と連絡とったことあるか？　とツッコミたかったが、今の俺が何を言っても哀れみの視線しか注がれなそうなので黙るしかない。

「……いいよ、もう」

小さく呟いて、それからは弁当を食べることに集中する。

持つべきものは友達だっていうけど、交際の事実すら信じてもらえない状況では、相談のしようもないのだった。

俺がこんなふうに急にサッカー部のことが気になったり、白河さんとの交際をオープンにすることを考え始めたりしたのは、日曜にあった小さな出来事がきっかけになっている。

日曜……つまりデートの翌日、白河さんはいつものようにおはようLINEをしてきた。

それに対して返信を送ったのだが、いつもと違って、なかなか既読がつかない。もちろん返事が返ってくることもなく、数時間が経過。ようやく既読がついて彼女からLINEが来たのは、四時間後のことだった。

しかも、その間のことについて、その後も彼女から何か言ってくることはなかった。俺もなんとなく訊けなくて、でも、彼女の言葉を思い出してしまったりして。

——日曜は予定あるけど、土曜は空いてるし。

デートに誘ったとき、確か白河さんはそう言っていた。

予定とは……？　どんなときでもすぐにLINEを返してくる白河さんが、四時間も返信できなかった「予定」とは、一体なんだったのか。

一度気になりだすと止まらなくなってしまう。

◇

学校が終わって帰宅してからも、俺は自室のベッドに横たわり、そのことを考えて悶々としていた。

別に、百歩譲って、白河さんが日曜に男友達と二人で出かけていたってかまわない。いや、ほんとはちょっと……どころでなく気になるけど、正直に打ち明けて欲しい。

その方が、今みたいに雑に秘密にされているよりはよほどいい。彼氏は、一番の男は俺なんだって……一応は思えるから。

「……まただ」

情けない。俺はやっぱり、自分に自信が持てないんだ。

白河さんから、彼氏として好かれている自信がない。

彼女より俺の想いの方がずっと強いってことは、最初からわかっていたことだ。白河さんは俺のことなんか知らなくて、俺が告白したから「ちょっと好き」になってくれた程度なんだから。

でも、こうして「彼氏」にしてくれたということは、「男友達」よりは特別な存在だと思ってくれてるってことだろう。そのことを、実感できていない俺がいる。

ひとえに、俺の自信のなさゆえに……。

「……あ〜もう！　でも、俺ごときが白河さんに『日曜何してたの？』なんて、彼氏面して訊けないよな⁉」

そのときだった。

枕元に置いたスマホが鳴って、画面を見るとLINEのポップアップが出ていた。

☆LUNA☆
今から駅に出て来れる？


「えっ？」

今から？　なんだそれは……とドキッとする。

「やっぱ別れようとか、そういうんじゃないよな……？」

◇

緊張しながらK駅に行くと、改札の中に白河さんがいた。彼女も一旦帰宅したらしく、ミニスカートに肩出しトップスという私服姿だ。

俺は定期で中に入り、彼女に近づいていく。

「白河さん、どうし……」

「じゃーん！」

俺が言い終わらないうちに、白河さんが目の前に何かを、まるで印籠のように出した。

「え……？」

見ると、それはスマホケースのようだった。見覚えのあるキャラクターが、全面に散りばめられてプリントされている。白河さんがLINEでよく使ってくる、妙な顔をしたウサギのキャラクターだ。

「おさウサのスマホケース！　原宿のキャラショップで開店から限定数だけの発売で、お一人様一つの制限つきだったんだ」

「おさウサ……？」

「知らないの？『おっさんウサギ』。めちゃ可愛くない？」

「可愛い……？」

俺はゴル●13みたいな顔のウサギだなと思ってたが……。

「まあ、欲しかったなら買えてよかったね」

「うん！　はいこれ！」

白河さんはそう言って、ずいっとスマホケースを俺に押しつけてくる。

「何？」

「あげる。これはリュートの分だよ」

「えっ？　なんで……」

お一人様一つの限定販売で、わざわざ買いに行ったんだろ？　と戸惑う俺の前に、白河さんが何かを取り出して見せた。

「見て見て、オソロ！」

それは、同じケースに収められた白河さんのスマホだった。

「ニコルに頼んで、一緒に並んでもらったんだ。二人で朝からずっとゲームしてたから、開店前に充電切れちゃって、帰るまでLINEできなかったやーっ」

「あ……」

それが日曜日の話だと気づいて、はっとした。

白河さんは、そんな俺を見て微笑をたたえる。

「どうせ新しいの買うなら、リュートとオソロで持ちたかったんだ。覚えてる？　今日、うちらが付き合い始めて一週間の記念日だよ」

「あ……」

そう言われてみれば、確かに告白したのはちょうど一週間前だ。

一週間を「記念日」とする感覚は、俺にはなかったけど。

「あ、りがとう……」

感激で頭がぼうっとしてしまって、お礼がうまく言えない。

さっきまで抱えていたモヤモヤが、少しずつ晴れていくのを感じた。

「……山名さんには面倒かけたね。言ってくれれば、俺が一緒に並んだのに」

「ダメ！　サプライズで今日プレゼントしたかったんだもん」

そう言って、白河さんは笑った。

「気づかなかったでしょ？　サプライズ成功？」

嬉しそうな彼女の笑顔を見ると、胸の奥から愛しさがこみ上げてくる。

「うん、驚いたよ……」

充電切れで音信不通になったり、その理由を説明してくれなかったり、不自然な点がいくつもあって心配したけど。

白河さんの屈託のない笑顔を見ていたら、不安に思うことなんて何もなかったんだと思えた。

一週間前、告白をオーケーするなんてからかわれてるんじゃないかとか、昔俺をフッた美少女と同じようなことをしてくるんじゃないかとか、びくびくしながら交際が始まった。サッカー部のことが気になったり、イッチーとニッシーに信じてもらえなかったとき「俺たちはちゃんと付き合ってる」と主張できなかったりしたのも、俺自身に「彼氏」としての自信がなかったからだ。

でも、俺が自分で思っていたより、白河さんは俺のことを大事に思ってくれているのかもしれない。

——どうせ新しいの買うなら、リュートとオソロで持ちたかったんだ。

そう言ったときの笑顔を見て、初めてそんなふうに思えた。

「……どしたの、リュート?」

白河さんに声をかけられて、はっとした。感激のあまり、彼女が目の前にいるのに、ついいろいろ考えてしまっていた。

「スマホケースやだった?　こういうの持ちたくない?」

心配そうな顔をする白河さんに、俺は慌てて首を振る。

「いや、嬉しいよ。ありがとう。大事にする」

おさウサが可愛いかどうかはさておき、白河さんが俺との記念日（？）にお揃いのものをプレゼントしてくれたことが、素直に……最高に嬉しい。

「ほんと？　よかった！」

白河さんは嬉しそうに笑った。

「じゃあ、なんで今なんか考え込んでたの？」

「え？　えっと……」

今考えていたことの中で、話せそうなことを探してみる。

「……俺……昔、女の子に告白したことがあって……」

「え、なにそれ⁉　いつ？」

白河さんは途端に目を爛々とさせて食いついてくる。どうやら恋バナは好きらしい。

「中一のときだよ」

「どんな子？　あたしと似てた？」

「いや、あんまり……。黒髪で、おとなしい子だった」

「あー清楚系ね。全然違うね」

白河さんはすぐに納得する。

「で、その子がどうかしたの？」

「フラれたんだ。俺にいろいろよくしてくれたり、好きだ的なことも言ってくれたから、絶対その子は俺に気があると思ってたのに……俺の勘違いだった」

白河さんは黙って俺の話を聞いてくれている。

「それ以来ずっと、女の子に対して自信がないんだ。もともとそんなにあった方じゃないけど……。だから、白河さんみたいな可愛い女の子が、俺を彼氏にしてくれたことが信じられなくて」

白河さんは、意外そうに目をぱちくりさせる。

「え、なにそれ。告白したのはリュートでしょー⁉」

「そうなんだけど……ほんとに付き合ってもらえると思ってなかったっていうか」

友達との罰ゲームだったってことは、失礼かなと思ってまだ言えてない。

「一週間経(た)っても、まだ信じられない気がしてたんだ……。だから、白河さんが俺のためにこういうサプライズしてくれたのが、ほんとに嬉しくて」

「……そっか」

話し終わった俺をじっと見つめていた白河さんは、ややあって、そっと笑った。美人系な白河さんの顔は、笑うと幼女のようにあどけなくなって、それがまた一段と可愛い。

「リュート、前にも女の子にコクったことあったんだね」

そう言って、白河さんは少しからかうような笑みを見せる。

「あたしが初めてなのかと思ってた」

「いや、でも黒歴史だから、ほんと」

「まーでも、その子のおかげで、うちらが付き合えたんだもんね。その子に感謝しないと」

「え？」

どういう意味かと見守る俺に、白河さんは微笑を向ける。

「だって、もしその子がオッケーして、今でもリュートと付き合ってたら、あたしにコクってくれることもなかったわけじゃん？」

「ん、まあ……でも、中一のときの恋愛はそんなに長く続かないよ」

「そんなことないよ！　だって、うちのおとーさんとおかーさん、付き合い始めたの中一のときだもん」

「えっ、マジ!?」

驚く俺に、白河さんは深く頷く。

「お互い初めての彼氏彼女で、高三のときにおかーさんのお腹におねーちゃんができて、卒業してすぐ結婚したんだ」

「へー……」

すげえ……親の代からリア充なんだ……。てか、お姉さんいるんだ。美人なんだろうな。

「あたしも、そうなると思ってたんだけどなぁ……」

ふと、白河さんが天井を見上げて呟いた。

退勤ラッシュの時間帯で、駅構内はホームから上ってきた多くの人で溢れかえり、皆家路に向かって急ぎ足に改札を通っていく。そんな雑然とした中で、俺たちは壁沿いに並んでいた。こんなところで、よくこんなに話し込めるなぁと我ながら思った。

「おかーさんは、中一のときおとーさんからコクられて、付き合うとかよくわかんなかったけど、彼氏ができるのが嬉しくてオッケーしたんだって。だから、あたしも中一の夏休み前にコクられたとき、この人と結婚するのかなぁって思ったんだ」

「なるほど……」

「だからオッケーしたのにな～……」

その後の顚末は、お察しの通りということか。

「…………」

白河さんの元カレのことを考えると、相変わらず胸がざわついてしまう。これは俺の問題だ。

一週間経って、少しずつ、白河さんと付き合っていることを現実のことと思えるようにはなってきたけど、やっぱり「俺でいいのかな」とは思ってしまう。

しっかりしないと。白河さんが今付き合ってくれているのは……俺なんだから。

「……感謝しないとな、白河さんの元カレに」

自分を奮い立たせるために呟いてみると、白河さんは「あっ」と俺を見上げた。

「それ、あたしのパクリじゃん～！」

ふにゃっと笑ってツッコんでくる白河さんに、俺も笑い返す。

「いい言葉だなって思ったから」

「も～、トッキョ取っとけばよかったな～」

白河さんはふざけて悔しがる。

今はちょっと、口先だけのセリフになってしまったけど。

いつか本当に、なんの複雑な気持ちもなく、心から白河さんの元カレたちに感謝できる日が来るまで……それまでは、それでもいいのかもしれない。

そのときにはきっと、俺の心は、白河さんから愛されているんだって自信に満ちていて、胸を張って白河さんの彼氏だって言えるようになっているだろう。

そんな日が、来るといいなと思った。

「……まあ、でもさ」

そこでふと、白河さんが呟くように切り出した。

「うちのおとーさんとおかーさんも、結局別れちゃったんだよね」

「え……そうなんだ」

白河さんの家庭環境については、まだ知らないことが多い。確かに通りいっぺんの友達に言うようなことでもないから当たり前かもしれないが、その手のことは風の噂でも聞いたことがなかった。

だけど……わざわざ、一度別の話題になってから、家族の話に戻ったってことは。

俺が今、白河さんの元カレのことを考えて沈黙していた時間、白河さんは、自分の今の家族事情を俺に言うべきかどうか考えてくれていたのか。

そう思うと、彼女のことがより愛おしく思えた。

「じゃあ、今はお母さんと？」

「ううん。おとーさんと、おばあちゃんと三人で住んでる。おねーちゃんは、一昨年まで一緒に住んでたんだけど、今は彼氏と同棲してる」

「そうなんだ」

こういうときなんと言えばいいのか、実の両親が特に不仲でもなく同居している平凡な核家族家庭の俺には、いまいち正解がわからない。

「まあでも、姉妹が離れ離れにならずにすんだのはよかったね」

するとと、白河さんの顔色が変わった。

「えっ……？」

驚いたような、不意をつかれた顔で、俺を見る。

「えっ？」

なので、俺も逆に驚いてしまう。

何かまずいことでも言ったか？　わりと無難なコメントだと思ったんだけど……と思っていると、白河さんはすぐに視線を外し、口元に微笑を浮かべて頷いた。

「あ、うん。まぁ、そだね……」

「……？」

なんだろう。どういうことだ？

このときに感じた違和感の原因は、けれども、そう遠くない後日に明かされることになるのだった。

◇

そうして、その日から白河さんとお揃いのスマホケースを持つようになり、校内でスマホが出しづらくなる学校生活が始まった。

そんな俺に、さらにとんでもない出来事が起こった。


「今日から、このクラスに新しい仲間が加わります」

ある朝、HRでの担任からの一言で、教室中が色めき立った。

「マジ⁉ 転校生⁉」

「男？ 女？ どっちー⁉」

担任は、それに答える代わりに教室のドアを開けて、廊下に向かって手招きした。

そして現れた人影を見て、教室中が一瞬息を呑んだ。

すごい美少女だった。

涙袋がふっくらして潤んだように見える大きな目、丸みを帯びた薔薇色の頬、口角の上がった形のいい唇……そんな完璧に可愛い造作を、黒髪のストレートセミロングが艶やか

黒瀬海愛、

に輝いて引き立てている。

身長は低く、体つきも華奢(きゃしゃ)で、男が守ってあげたくなるようなオーラを全身から発していた。

「ヤバ……」

「一般人？　坂道グループにいそう」

「可愛すぎるだろ」

クラスメイトがざわついているが、俺にはさらに別の驚きがあった。

「黒瀬(くろせ)……海愛(まりあ)……」

担任が黒板に書いた名前を、その事実を確認するように口の中で呟く。

俺は彼女を知っていた。

なぜなら。

――ごめんね。わたし、そんなつもりじゃなくて……。

戸惑ったような声色が、今でも耳の奥にこびりついて離れない。

――加島(かしま)くんのことはいいお友達だと思ってるけど……。

間違いない。

転校生は、中一のときに俺をフッた美少女……黒瀬海愛だった。

「黒瀬さんは三年前にこの辺りから離れましたが、ご家庭の事情でまた戻ってきて、我が校に転入が決まりました。仲良くしてあげてくださいね」

「もちろんっ！」

担任の言葉に、お調子者の陽キャ男子が鼻息荒く手を上げる。

そいつだけじゃない。クラス中の男が、彼女と話したくてウズウズしているのが空気でわかる。

ただ一人、俺を除いて。

「黒瀬さん、ご挨拶を」

担任に言われて、黒瀬さんは「はい」と口を開いた。

「三年ぶりにこの辺に戻ってきました。この学校のことはまだよくわからないので、みなさん教えてくださいね」

「はーいっ！」

さっきのお調子者を含め、数人の野郎の手が上がる。

「ありがとう。よろしくお願いします」

黒瀬さんは少しはにかみながら教室全体に目を配り、その途中で……俺と目が合った。

「…………」

口を薄く開けたままの彼女の顔から、一瞬にして表情が消え去る。

すぐに目を逸らして俯いたのだが、どうやら気づかれてしまったらしい。

気まずすぎる。

昔、俺の告白を断った相手が、同じクラスに転入してきてしまったなんて。しかも、彼女は俺のことを好きに違いないと思い込んで、舞い上がった挙げ句にした告白で、結果、無様に振られているのだから。

まあ、今の俺には白河さんというもったいないほど素敵な彼女がいるので、以前よりは幾分トラウマも癒えているけれども。

向こうにとっても、俺とのことは敢えて思い出す必要もない過去だろうし、黒瀬さんには極力かかわらないようにしようと思った。

それなのに。

「黒瀬さんの席は、ここにしていい？　クラスに慣れるまでは、先生に質問しやすい場所がいいでしょう」

担任の計らいで、黒瀬さんの席は教卓の前に設置されることになり、俺の隣の列にいた生徒が一席ずつ後ろにずれた。

つまり……黒瀬さんの席は、俺の隣になったということだ。

席についた黒瀬さんは、まず、俺と反対側の隣にいる男子に声をかけた。

「よろしくね」

「あ、ああ……よろしく」

彼はうっすら赤くなって、ぼうっとした瞳で黒瀬さんを見つめる。

彼の気持ちはよくわかる。なにしろ彼女は、本当にアイドル顔負けの美少女だから。俺も、昔の件がなかったら、同じような反応になっただろう。

彼に挨拶を終えた黒瀬さんは、続いてこちらに首を巡らす。

来た……。

心で覚悟しながら、俯いて気づかないフリをする。

黒瀬さんは、俺をじっと見つめて数秒黙っていた。見ていないけど、そんな気配がした。

「あの……加島くん、だよね？」

それで俺は、仕方なく顔を上げて彼女を見る。

わ、やっぱめちゃめちゃ可愛いな……。もちろん、今の俺は白河さん一筋だけれども。

「ん……うん」

無視するわけにもいかないので、一応頷（うなず）く。

すると、黒瀬さんはにこっと笑った。二週間前までの俺だったら一瞬で再び恋に落ちたであろう、可愛すぎるキラースマイルだ。

「また隣の席になるなんて、奇遇だね。よろしくね」

「ん……よろしく」

俺はまたも短く答えて、再び俯く。

黒瀬さんが前に向き直ると、すぐに後ろの席の女子が彼女の背中を突いて、何か話しかけた。

「……うん、そう。中学が同じだったの」

どうやら、俺のことを訊かれたらしい。

俺の判断は間違っていなかった。みんな、この転校生の美少女とお近づきになりたがっている。何かの話題をきっかけに、俺の過去の告白のことがバレないとも限らない。

黒瀬さんとは、極力距離を取るのが吉だと思った。

ところが、黒瀬さんはそれからもたびたび俺に話しかけてきた。

「加島くん、おはよう」

毎朝必ず、笑顔で挨拶してくれる。時にはちょっと腕に触れてきたり、ボディタッチ付きで。

ある日には。

「加島くん、これよかったら食べて。昨日作ったの」

と、タッパーのクッキーを一枚おすそわけしてくれたり。

そして「ごめん、教科書忘れちゃった。見せてくれる？」と言われて、机をくっつけて教科書をシェアしていた、ある日の数学の時間のことだった。

「……ねぇ、加島くん」

先生が職員室に教材を取りに行き、ざわつき始めた教室の中で、黒瀬さんは俺に身を寄せてきた。シャボンのような淡い香りが鼻腔（びこう）をくすぐってくる。

「な、何？」

ドキッとしながら尋ねると、黒瀬さんは少し申し訳なさそうな顔で囁（ささや）く。

「あのときは、ごめんね」

「えっ……」

俺の告白を断ったときのことだろうか。そう思って見守っていると、彼女は続けて口を開く。

「加島くんのことは、嫌いじゃなかったよ。でも、あの頃はまだ付き合うこととか、よくわかってなくて……」

そう言うと、彼女は一段と俺に近づいて囁いた。

「今なら、わかるかも。加島くんの良さ」

「え……？」

驚いて、思わず彼女からのけぞるようにして離れた。

どういう意味なんだ？

まさかとは思うが、黒瀬さんは俺のことが好き……？

いや、でも待て。よく考えろ。

黒瀬さんが言ったのは「今なら加島くんの良さがわかる」しかも「かも」という保険つきのフレーズだ。ここで勘違いしたら、また中一のときの二の舞になる。

っていうか、勘違いも何も、今の俺には白河さんがいる。心惑わす必要は何もない。

黒瀬さんは、潤んだ瞳で俺を見つめている。おそらく彼女の地顔なんだろうけど、煩悩（ぼんのう）を断つために、俺はなるべく無表情で口を開いた。

「ありがとう。でも俺、彼女いるから」

その瞬間、黒瀬さんの大きな黒目から光が消え、表情がこわばった。

かと思うと、彼女はすぐに笑顔を取り戻し、前のめりになって俺に訊く。

「えっ、そうなの？　誰？　この学校の人？」

「えーっと、まあ、それは……」

　俺は目を逸らし、なんと答えようかと考えあぐねる。まさかそこを突っ込まれるとは思わなかった。

「ねぇ、いいじゃん。誰にも言わないから教えてよー」

「………」

　確かに、黒瀬さんは転校したてで特定の仲良しもまだできていないし、言いそうな相手はいない気がする。

　ここで俺の彼女が超美少女ギャルの白河さんだと知れば、遠慮して話しかけてこなくなるかもしれない。

　この際、黒瀬さんにだけは言ってしまおうか……と心が揺れたときだった。

「すまん、待たせたなー」

　数学の先生が帰ってきて、雑談はそこで終わりになった。

　そして、休み時間になり。

　隣の席から、黒瀬さんの視線を感じる。

　もしまた訊かれたら、もう言ってしまおうか？

そんなことを考えていたとき。

「ねえ、あんたがカシマリュートだよね？」

威圧感をはらんだ女子の声で、身に覚えもないのにギクッとする。

振り返ると、俺の席の斜め後ろに、一人の女子が仁王立ちしていた。

「は、はい……」

彼女のことは知っていた。

そう。白河さんの親友の強めギャル、「ニコル」こと、山名笑瑠だ。

「ちょっと話があるんだけど」

「えっ……!?」

彼女が俺に、一体なんの用事だ……？

◇

その日の放課後。

俺は、駅前のファストフードで、山名笑瑠と向き合ってシェイクを飲んでいた。

「………」

山名さんは、さっきから無言でポテトを食べ、俺をジロジロ眺めてくる。

白河さんよりさらに金色寄りの茶髪に、空いた胸元にはネックレス、耳元にピアス、派手なネイルと、ファッションはギャルなんだけど、鋭い目つきなど、どことなくヤンキーの風格もある彼女。一対一で呼び出されたら、タイマン勝負でも申し込まれるのかとビビってしまう。

しばらく待っても彼女が何も言わないので、場の空気に耐え切れなくなった俺は、とうとう口を開いた。

「……あ、あの、すいません……俺、何かしましたか……？」

同級生だとわかっているが、つい敬語で喋(しゃべ)ってしまう。

すると、山名さんは眉をひそめて俺を睨(にら)み据える。

「は？」

その凄(すご)みに震え上がり、カバンを抱えてこの場を立ち去りたい衝動に駆られた。

だが、そんな俺に山名さんは言った。

「言っとくけど、別にあんたに怒ってるわけじゃないから。目つき悪いのは生まれつきだし」

「えっ……」

そう言われてみれば、目つきこそ鋭いが、彼女の表情に特に険しさはない。

「ポテトって、冷めたらクソマズイじゃん。食べてから話させてくんね？」

「は、はあ……」

それで俺もシェイクをすすりながら（シェイクはポテトとは逆に、放置が必須なガチガチ氷結具合で、まだほとんど飲めなかった）、山名さんがポテトを食べ終わるのを待った。

そして、ようやくポテトの容器が空になると、山名さんは紙ナプキンで指先を拭いて、改めて俺を見た。

「つかさ。来週の日曜ルナの誕生日だけど、知ってる？」

その一言で、俺はいきなり言葉を失った。

「え……」

「マジ？　やっぱ知らなかったわけね」

山名さんは幾分呆れ顔になって俺を見る。

「誕生日とか、付き合い始めたら最初に気にならね？　まあ、あんたなら聞いてないかもと思ったけど」

「え？　それはどういう……」

俺が訊くと、山名さんは俺にジロリと視線を向ける。やはり怒ってはいないのだろうけど、その鋭いまなざしは恐怖でしかない。

「あんた、気ぃ利（き）かなそうだし」

「………」

「あ、別にディスってるわけじゃないからね。気が利く男は浮気（うわき）するし」

ということはつまり、俺は山名さんに「浮気しない男」と思われてるってことか。そういう意味なら、まあ、悪い気はしないか……。

「で、わかった？　ルナの誕生日。なんかお祝いしてあげてよ」

山名さんに言われて、俺は頷（うなず）く。

「あっ、はい……」

「とりま、そういうわけで。この話はルナのいないとこでしたかったから」

そう言って自分のトレーを持って立ち上がろうとする山名さんに、俺は慌てて声をかけた。

「あ、あの！」

山名さんはトレーを持って立ったまま、俺を見る。

「何？」

鋭い視線にビビりつつ、俺は言った。

「白河さんの好きなもの、教えてくれませんか？　誕生日にあげたくて」

すると、山名さんは少し眉根を寄せる。

「それは自分で訊いたら？　彼氏なんだし、その方が早くね？」

「そうなんだけど……」

俺は俯いて、テーブルに置いてあった自分のスマホ（おさウサカバー付き）を見つめた。

「……このスマホカバー、白河さんがくれたんです」

「知ってる。付き合ったから」

山名さんがそっけなく答えるので、俺は深々と頭を下げる。

「付き合って一週間の記念にサプライズで渡すために、白河さん、当日まで俺に一言も言わなかったんです。だから、今度は俺がサプライズしてあげたいと思って」

それを聞いて、山名さんは心配そうな視線を向けてくる。

「できんの？　そういうの苦手そうじゃん、あんた。無理しなくても、普通に祝ったらルナは喜ぶよ」

「できるかどうかわからないけど、やってみたくて。だって、白河さんはいつも彼氏を喜ばせようとしてくれる子だと思うから」

付き合って初日にエッチしようとしてくれたときから、白河さんは一貫してそうだった。

「だから、スマホカバーのサプライズも、俺を喜ばせようとして考えてくれたことで……。それってつまり、白河さん自身が、サプライズしてもらえたら嬉しいと思うタイプの人だと思うんです」

それを聞いていた山名さんの表情が和らいだ。代わりに、探るようなまなざしを俺に向けてくる。

「……ルナが言ってた通りかも。あんた、ちょっと変だね。ぼんやりした男だと思ってたら、けっこうアレなこと言うじゃん」

褒められてるのかけなされてるのかわからないけど、山名さんはちょっと口角を上げて微笑んでいるように見える。

「わかった」

そう言うと、山名さんはテーブルにトレーを置いて座り直した。

「ルナのこと教えてあげる。だから、絶対喜ばしてあげてね」

「は、はいっ！」

こうして、俺は山名さんと秘密の会合を行い、白河さんの好きなもののレクチャーを受けることができたのだった。

◇

その次の日のことだった。

朝、学校に行こうとしていると、K駅の改札に白河さんが立っていた。

「おはよ、リュート」

「えっ!? おはよ……って、どうして……？」

「だって、学校ではリュートと話せないじゃん？」

そして挨拶もそこそこに、白河さんは自分のスマホを俺に見せてくる。

「これマ？」

それは、LINEのトーク画面のようだった。

ルナユナあかり（3）
ユナ　ニコルがクラスの地味メンとマッ●でデートしてたんだけどw
あかり　マジ？　ちょーウケるんだけど

その次に「ユナ」がアップしていた写真を見て、俺は小さく「あっ」と叫んだ。

そこに映っていたのは、昨日ファストフードで話していた俺と、山名さんの後ろ姿だった。

「ニコルと会ってたの？」

「ああ、うん……」

やっぱ白河さんには言ってなかったんだな、山名さん。

「……白河さん、来週の日曜空いてる？」

「えっ、なんの話？」

白河さんは面食らった顔をする。

「ねっ、ねえ。それより答えてよ。ニコルとなんの話してたの？」

白河さんは焦った顔になる。

「いやだからあの、来週の日曜空いてる？」

俺も話を進めたいので必死だ。

「え、日曜？　まだ空いてるけど、何？」

「じゃあ、俺に誕生日のお祝いさせてくれないかな？」

その言葉に、白河さんは目を見開く。

「山名さんが教えてくれたんだ。白河さんの誕生日」

白河さんは口をぽかんと開けて、しばらく黙っていた。その顔が、たちまちパッと明るくなる。

「そうだったんだ！」

さっきまでの焦りの色が、その顔からたちまち消え去った。

「なんだ。じゃあ早くそう言ってくれればよかったのに」

「あ、ごめん……。誕生日の話するなら、まずは誘わなきゃと思って」

頭の中で決めていた段取り通りでないと話ができない、内向的な自分の悪い癖が出てしまった。

「んーまあいいけど」

白河さんは、すっかり元の機嫌に戻った表情だ。

そんな彼女に、俺は改めて頭を下げる。

「俺、ぼんやりしてて……白河さんに誕生日も訊かずにいてごめん」

「ううん、あたしこそ待ち伏せしたりしてごめん」

そう言うと、白河さんは学校鞄を持ち直して、つま先をエスカレーターの方に向ける。

「じゃあ、先に学校行くね。一緒にいるとこ見られたらまずいっしょ？」

「あ……うん、ありがとう」

慌てて礼を言う俺に小さく手を振り、白河さんは駅構内の人混みへ消えていった。

「……なんだったんだろ、白河さん」

一人になって、ホームへ向かいながら考える。

俺にLINE画面を見せてきた時の白河さんの顔を思い出した。

俺に話を逸らされたと思ったときの、焦り顔も。

いつもの彼女らしくない表情だった。怒っている……というのとはちょっと違うが、何かすっきりしないものを抱えている顔だった。

──ニコルと会ってたの？

──ねっ、ねえ。それより答えてよ。ニコルとなんの話してたの？

もしかして……やきもち？

「……いや、まさかな」

白河さんが、俺のことで嫉妬なんかするわけない。そりゃ、いずれは嫉妬されるくらい好きになってもらえたら、嬉しいけど。

焦らず、着実に。白河さんとの仲を深めていくんだ。

そのためにも、来週の誕生日デートで、白河さんに喜んでもらいたい。あと一週間で、完璧デートの計画を練り上げるんだ。

秘めたやる気に燃えながら、俺はホームに止まっていた電車に、大勢の人とともに乗り込んだ。

そして、白河さんの誕生日当日になった。

今日のために、この一週間、できることは全部やった。

山名さんから聞いた白河さんの好きなものを参考に、放課後、毎日のように一人で街へ繰り出し、実際に下見してデートの準備をした。

昨夜0時ピッタリに、LINEでおめでとうメッセージも送った。

最初のデートは行き先を白河さんに任せてしまったので、俺がエスコートするデートはこれが初めてだ。

「おはよーリュート!」

白河さんとは、A駅の構内で落ち合った。もし昨夜、山名さんと遅くまで電話していても寝不足にならずにすむように、待ち合わせは十一時にした。

今日も白河さんは可愛かった。ピンクのタイトなミニ丈ワンピースは、ハイネックなのに胸元が菱形に空いて谷間が見えるという攻めたデザインで、厚底のハイヒールサンダル、シルバーのハンドバッグもギャル感が強い。

「今日はどこ行くの？」

ホームに移動しながら、白河さんが訊く。

「ん、原宿に行こうと思うんだけど、どうかな？」

それを聞いて、白河さんは目を輝かせた。

「マジ⁉　ちょー行きたい！　原宿めっちゃ好き〜！」

喜ぶ白河さんを見て、山名さんから聞いたことを思い出した。

──ルナといえば原宿だから。行く場所に困ったら、とりあえず原宿か渋谷に行っとけばテンション爆上がりだよ。

ほんとだ……。

俺は早速、このデートの手応えを感じ始めた。

原宿に着くと、俺はまず一軒の店を目指した。

若者で溢れかえる竹下通りから一本裏路地に入ったところにある、小さな間口のカフェだ。

「はい、どうぞ」

店の外で白河さんに渡したのは、看板メニューのタピオカミルクティーだ。

「ありがと！　……ん〜おいし〜！」

一口飲んで、白河さんは目を輝かせる。

――ルナはタピオカめっちゃ好きだから。タピオカなら何杯でも飲めるって。まーうちらお金ないから、いつも一杯しか飲めないんだけどね。

「やっぱタピオカってサイコー！　ありがと、リュート！」

山名さんが言った通り、白河さんはとても喜んでいる。

「いくらだった？　あたしの分、払うよ」

自分の鞄から財布を取り出そうとしている彼女を、俺は手のジェスチャーで押し留めた。

「あっ、いや、いいよ。俺が払うから」

「えっ、でも」

「今日は誕生日だから……お祝い」

俺の言葉に、彼女は眉間に皺を寄せてしばらく悩ましい表情をしたあと。

「……じゃあ、ごちそうさま！　ありがと、リュート」

嬉しそうな笑顔で、そう礼を言った。

そんな彼女を見て、俺は自分のショルダーバッグから一枚の紙を取り出す。

「ん？　何それ？」

「白河さん、今のタピオカミルクティー、どうだった？」

「どうって、美味しかったよ？」

そこで俺は紙を広げる。

それは、原宿の地図をプリントアウトしたものだ。その中でタピオカドリンク店だけをピックアップして赤丸で囲み、実際に行って飲んでみた感想や、味の分析を余白に書き込んでいる。スマホでやってもよかったけれども、紙の方が、自由研究っぽくて充実感がある。

「わっ、何これスゴっ！」

俺の血と汗の結晶をのぞき込んで、白河さんは驚いている。

この一週間で、俺は何杯のタピオカドリンクを飲んだかわからない。原宿への定期外交通費とドリンク代で、お年玉をけっこう使ってしまった。残りは、今日のために持ってきた。

「今飲んだタピオカミルクティーは、ミルクが濃厚だけどお茶の香りもしっかりしてて、タピオカのサイズとモチモチ感もちょうどいいし、総合的に一番バランスがいいんだよね。だから最初に飲んでもらったんだ」

一週間頑張った成果を早く披露したくて、つい早口になってしまう。キモいからやめようと思っているのに、思えば思うほど、どんどんスピードが上がってくる。

「これを基準に、全体的にもっと甘めがよければ『タピオカモンスター』がおすすめだし、お茶の味を活かしたあっさりめのミルクティーが好みなら『香茶楼』、モチモチ感強めのタピオカが好きなら、ちょっと歩くけど『PRUPRU』に行ってみよう。ミルクティーにこだわらないなら、『タイガーカフェ』の黒糖ミルクも濃厚でオススメだよ」

ヤバい。陰キャオタクの変なスイッチが入ってしまった。キモくて止めたいのに、ここまで来ると自分の知見をすべて披露したくてしょうがなくなってくる。

「そもそも思うんだけど、タピオカに一番合うのって、本当にミルクティーかな？　タピオカってもともと無味だし、黒糖漬けとかで味をつけられても中心まで浸透させるのは難しいだろ？　おまけに弾力があるから何度も嚙むじゃん？　つまり、口の中で絶対味がしなくなる瞬間があるんだよね。それを補うためにミルクティーっていう液体と一緒に吸う形態になってると思うんだけど、ミルクティーには限界があるっていうか。だって、ミルクティーってそれだけで美味しく飲める、完成形の飲み物だろ？　ちょっとくらい甘くし

ピオカのサイズとモチモチ感を

れを基準に、全体的にもっ

ければ』

茶の味を活かしたあっさ

ルクティーにこだわら

もそも思うんだ

ピオカって

れを補うた

との

たりミルクを濃厚にしたりすることはできても、もとの形を完全には逸脱できないっていうか、あくまでも『ミルクティーとして飲んでも美味しい』範囲にとどまってしまうんだよ。だって『ミルクティー』だから。『ミルクティー』と銘打ってしまった以上、『ミルクティー』としてのプライドがあるからね。だけど、タピオカに本当に合う飲み物って、本来はもっと舌に絡みつくようなどろっと食感で、甘ったるいものだと思うんだ。そういう意味では、一九九〇年代に流行ったタピオカ入りココナッツミルクの方がデザートとしての完成度は高いと思う。俺も今回知ってスーパーで探して飲んでみたんだけど、あれはココナッツミルクが濃厚で甘いし、しかもタピオカが小粒だから、いいアクセントとして機能してるんだよね。スープの上のクルトンと似た役割というか。あれもほぼ無味だけど、スープの均一な味に飽きたときに食べると塩味を中和してくれるし、食感があって楽しいだろ？　それに比べると、ほとんどのタピオカミルクティーのタピオカとミルクティーは、互いにベストマッチのパートナーとは言い難いと思うんだ。俺は、今流行ってるタピオカドリンクの中では黒糖ミルクが一番美味しいと思うな。フレッシュなミルクにどろっと溶けた黒糖が混ざり合ってこれでもかってくらい甘いんだけど、黒糖漬けのタピオカも噛んでるうちにやっぱり無味になるから、それくらいが結局ちょうどいいんだよね。今回一押しのオススメだよ」

持っていた自分用のタピオカミルクティーのカップを見ながら滔々と語っていた俺は、そこで我に返ってはっとした。目を上げると、口をぽかんと開けた白河さんがいる。

「あ……」

やってしまった。

ヤバい……キモすぎるなんてもんじゃない。地球の裏側くらいまで引かれた……。

そう思って青ざめていると、白河さんは無理矢理のように口元に微笑を浮かべ、口を開いた。

「す……すごいね、リュート。そんなにタピオカ好きなの？」

「え？　う、うん……あ、いや」

嘘をつくほどのことでもないので、正直に答えようと思った。

「白河さんがタピオカ好きって聞いたから……今日のために勉強したんだ。この辺ってタピオカ屋ありすぎるから。好みの店に連れて行ってあげたくて……」

「え、じゃあ、あたしのためってこと？」

そう言った白河さんの瞳が、一瞬きらっと輝いた気がした。

「う、うん……。でもやりすぎたよな……」

「ほんとだよー！」

そう言われてビクッとしたが、顔を見ると白河さんは笑っていた。

「ウケるんだけど。だって、タピオカひょーろんかになってるじゃん！　ふつーそこまでする？」

地図と俺の顔を見比べて、白河さんは声を出して笑う。

「で、でも、さすがに印つけた全部の店には行けなかったから、レビューやブログを参考にしたところもあるよ？」

「それでも大変だったんじゃん？　別にそこまでしてくれなくてもよかったのに」

笑いの余韻を残して尋ねる彼女に、俺も笑った。

「そ、そうだよね。俺もそう思う……けど」

ここまでしたのには、もっと純粋な動機があったから。

「……白河さんの好きなもの、ひとつくらい、俺もちゃんと好きになりたいと思ったんだ」

ちょっとやりすぎたけど……と心の中で反省して俯く。

しばらくして、何も反応が返ってこないのが気になって顔を上げた。そして、しまったと思った。

白河さんは、口をうっすら開けたまま、俺を見て固まっていた。その表情は呆れて唖然としているようにも見えるし、何かに驚いているようにも見える。

どうしよう……。俺の童貞全開のキモ台詞に引いたのかもしれない。

そんなに重い発言だったろうか……今からでも冗談めかした方がいいだろうか。

そう考えながらドキドキして見守っていると、ややあって白河さんの表情が変わってきた。

頬が紅潮して、その口元が嬉しそうに綻んでいる。

「え……？」

引かれたわけじゃなかった？

なおも動揺していると、白河さんは微笑んで口を開く。

「マジ？　そんなこと言われたの……初めてなんだけど」

恥ずかしそうに言う彼女は、強そうなファッションと不釣り合いなほど、純真で可愛らしかった。

「……ありがと、リュート」

囁くように言ってくれる彼女を見て、不安から解き放たれて胸がいっぱいになる。

そんな俺に、白河さんはとびきりの笑顔を向けてくれた。

「今日のタピオカは、今まで飲んだやつで一番おいしー気がする！」

その後、俺たちは原宿界隈のタピオカ屋をハシゴして回った。

白河さんはタピオカに関しては本当に底なしで、どの店のタピオカドリンクもキレイに一杯飲み干してしまう。

「ねえねえ、リュートは飲まないの？」

「俺、さっきの店で飲んだから……」

「でも、こっちも美味しいよ？」

「いや、もう腹がチャポチャポで」

そんなにタイトなワンピースを着てるのに、白河さんはどうして大丈夫なんだ？　さっき摂った水分はどこへ吸収されてるんだ？

「ん～しょうがないなぁ。じゃあ、あたしの一口あげる」

そう言って、白河さんは飲んでいたタピオカのプラスチックカップを差し出してきた。

刺さっていたストローの吸い口には、細かいラメの入った赤いグロスが付着している。

不意に訪れた間接キスのチャンスに、心拍数が爆上がりする。

「……いらないの？　そんなにお腹いっぱい？」

俺が動かないので、白河さんが尋ねてくる。

「う、ううん……も、もらうよ、ありがとう」

慌ててカップを受け取って、ストローに口をつける。

「どう？　チーズフォームと岩塩が神じゃない？　やっぱトッピングして正解だねー！」

「……そ、そうだね」

正直、ドキドキして味なんかよくわからずに飲み込んでしまった。

俺が返したカップを受け取り、白河さんが再びストローを吸う。

うわ、相互間接キスだ……。

しかし、こんなことを意識しているのは俺だけなんだろうな。白河さんにとっては、男友達とだって無意識にやっていることなのかもしれないし。

そう考えて、ちょっとしゅんとしたとき。

白河さんが、俺を見てニヤッと笑った。

「間接キスだね」

「えっ……ええ⁉」

時間差は卑怯（ひきょう）だよ、白河さん！

「あーリュート、顔真っ赤～！」

急に恥ずかしくなってしまった俺をからかって、白河さんが笑う。

ギャル雑誌から抜け出たようなガチガチギャルの白河さんと、地味な俺の組み合わせは、街の人たちには不釣り合いに見られているかもしれない。

でも今、俺は、彼女と一緒にいられてめちゃくちゃ幸せだ。

気がつけば、俺たちは昼飯もおやつもすっ飛ばして、タピオカ店ばかり六軒も回っていた。驚くべきことに、白河さんはすべての店で、タピオカドリンクを一人で一杯注文し、飲み切った。

「あーめっちゃタピ充した！　ありがと、リュート！」

「もうタピオカはいいの？」

「うん、さすがに。こんな満足したの初めてだよ〜」

白河さんは言葉通り、満足げに微笑んでいる。

いつの間にか、もう夕方の六時近くになっていた。タピオカドリンクはすんなり買えるわけでなく、程度の差はあれ、どの店でもその都度行列に並んでいたし、渋谷に近い方まで足を延ばしたりしていたから、なんだかんだでけっこう時間を食っていたらしい。

「じゃあ……」

前回もそうだったけれども、デートでは夜になる前に帰ろうと決めていた。お互いまだ高校生で未成年だし、それが白河さんを「大事にする」ことの一つの形だと思ってのことだ。

本当はエッチなことだってしたいけど……ああ、やっぱり白河さんの部屋でしておけばよかった……なんて後悔が未だに押し寄せてしまうけど。

でも、今日は白河さんの誕生日だし、彼女に好きなことだけをしてもらうって決めていた。まずはタピオカを飲んで……。

「あっ！」

そこで、思い出した。

「どしたの、リュート？」

「…………」

プレゼントだ。まだプレゼントを買っていない。

──プレゼントは、当日ルナに聞いて買ってあげるのがいいよ。アクセとか小物とかの趣味って人それぞれだから、女同士でも気に入ってもらえるもん選ぶの難しいし。ま、あんたがよっぽど自分のセンスに自信あるなら別だけど。

もちろん自信など皆無なので、山名さんのアドバイス通り、白河さんに選んでもらおうと思っていた。

まずはタピオカを心ゆくまで堪能(たんのう)してもらって……と思ったのだが、まさかこんな時間までタピオカ屋を巡ることになるとは。

しかも、だ。

予算を確認しようと思って、白河さんの死角で財布を開いたら、残金はもう千円ちょっとだ。

「嘘だろ……」

一万円を持って家を出たのに、なんでこんなことに……タピオカ、高すぎる。

「あの、さ……白河さん」

俺はおずおずと切り出した。

「ごめん……白河さんに誕生日プレゼント選んで欲しかったんだけど……もう千円しかなくて。千円くらいで買えるものでよかったら、何か……」

かっこ悪いけど、正直に言った。

「えっ？」

白河さんは驚いたように目を見開く。

「もうもらったよ？　タピオカおごってくれたじゃん」

「いや、でも、何か形に残るものも……」

「じゃあ、これくれる？　これがいいな、あたし」

白河さんはそう言うと、俺の手から紙を取った。

今日一日参考にして歩き回った、俺のお手製のタピオカ地図だ。

「これ、すっごいよ。世界に一つしかないし。今日飲んだタピオカ、全部めっちゃ美味しかった。リュートが調べてくれたおかげだね」

折り畳まれた地図を見て、白河さんは嬉しそうに微笑む。

「こういうことしてもらったの、初めてだから……記念に取っときたいんだ。リュートがあたしのために頑張ってくれた、愛の証ってやつじゃん？」

その言葉に、胸が熱くなる。

「白河さん……」

「大事に持っとくから、また一緒にタピオカデートしてくれる？」

上目遣いで見つめられ、俺は深く頷く。

「もちろん……あ、そのときはまた更新するよ。新しい店できてるかもしれないし」

嬉しくなって答えた俺を見て、白河さんはあははと笑う。

「ありがと、リュート」

そう言って、彼女は煌（きら）めくような笑顔を俺に向けてくれた。

「サイコーの十七歳初日だったよ！」

こうして、誕生日デートは成功のうちに幕を閉じた。

週明けの月曜日、俺の頭はいつにも増して白河さんでいっぱいだった。

タピオカを飲んで、とろけそうな笑顔で「おいしー！」と言ってくれた白河さん。少し照れたような微笑を浮かべていた白河さん。俺だけに見せてくれた白河さんの表情の数々……。

白河さん、いい匂いがしたな。あの部屋と同じ匂い……ああ、やっぱりあのときエッチしておけばよかった……。

そんなことをぼんやり考えていると、いつの間にか授業が終わって休み時間に突入していた。

さすがにぼんやりしすぎだろ。こんなこと初めてだ……と席に着いたまま一人勝手に焦（あせ）

っていたときだった。

「ねぇ、加島くん」

隣の席から声をかけられて振り向くと、黒瀬さんがこちらを見ていた。顎の辺りに両手をちまっと添えているので、夏服の上に着たカーディガンの萌え袖があざとく目立って可愛い。小柄ゆえ、そうなってしまうのだろうか。

「何？」

俺が訊くと、彼女は意味ありげに微笑む。

「加島くんの彼女って誰なの？　やっぱり気になるから教えてよ」

「あー……」

その話か。

この前は、言おうとしたところで先生が帰ってきて言いそびれたけど。

「実は……」

そのとき、ふと白河さんに見せてもらったLINE画面を思い出した。

ニコルがクラスの地味メンとマッ●でデートしてたんだけどw

マジ？　ちょーウケるんだけど

俺みたいな男がイケてる女子と仲良くしてるのは、どうやら彼女たちにとっては「ウケる」ことらしい。

「………」

ということは、俺と付き合っていることを知られたら。

そんなことが明らかになったら、白河さんが笑われてしまう。

俺が「不釣り合い」と誹られることより、その方が辛かった。

「……やっぱり言えない。ごめん」

黒瀬さんに謝って、俺は席を立った。

みんなに知られたらまずいことは、黒瀬さんにだって言わない方がいい。

俺の自己顕示欲のために、白河さんに迷惑をかけるわけにはいかない。

そう思った。

第三・五章　黒瀬海愛の裏日記

加島龍斗、ほんとウザい。

転校してきて一週間、クラスの男子はほとんどわたしの虜にした。なのに、あいつだけは頑なになびかない。一度フッたから警戒してるのかもしれないけど、このままじゃわたしの計画が完遂しない。

生意気なんだけど。彼女なんて、ほんとはいないくせに。その証拠に、彼女が誰なのかも答えられないじゃない。モテない陰キャが一丁前にイキってて、ほんとムカつく！　あんたは黙って、何度でもわたしに惚れとけばいいのよ。

ムカつくといえば……あの女よ。

今日、男子が教室の隅で雑談してるのが聞こえてきたんだけど。

「黒瀬さんは可愛いけど、やっぱ一番付き合いたいのは白河さんだよなー」って、バッカじゃない⁉　あんなビッチのどこがいいわけ？　なのに、同意してる男が多かったし。

白河月愛って、ほんとジャマ。

わたしは一番じゃなきゃダメなの。一番に愛されるのはわたし。
前の学校でもそうだったし、中学のときもそうだった。
「一番付き合いたいのは黒瀬海愛(まりあ)」
男子たちみんなに、そう言わせてみせるんだから。
そのためにも……見てなさい、白河月愛。
あんたから、今度はわたしが奪ってやる。
今のわたしは、もう……あの頃のわたしじゃないんだから。

第四章

白河さんの誕生日デートを無事に終えてから、しばらく。俺は白河さんに喜んでもらえたことを嬉しく思いながら、順調な学校生活を送っていた。

そんな頃だった。

白河さんを取り巻く空気に、わずかな変化を感じ始めたのは。

付き合う前から白河さんウォッチャーだった俺は、付き合ってからも、気がつけば目がひとりでに白河さんを追いかけている。

だから、彼女の周りの雰囲気には敏感だった。

白河さんは気さくでみんなに好かれているけれども、クラスの中には当然、自ら彼女に話しかける勇気を持たない人間もいる。少し前までの俺のように。

まず変化を感じたのは、そういうクラスメイトたちが、いつも以上に白河さんを意識するようになったことだ。

「白河さんってさ……聞いた？」

「あー、うん」

「あの話、ほんとなのかな？」

「さあ……」

そんな具合に、彼らがいつも以上に陰でヒソヒソ囁(ささや)くようになった。

続いての変化は、白河さんに普通に話しかけることはできるけれども、特別仲がいいわけではない、クラス内ヒエラルキーの中間層だ。

彼らが、白河さんへ好奇のまなざしを注ぐようになった。

「ねえ、あの話聞いた？」

「うん。ほんとかどうか訊いてみてよ」

「いや、さすがに本人にはムリだわ」

「だよね～」

……一体、なんなのだろう？

そんな疑問もあって、俺はいつも以上に白河さんの周囲に目を配っていた。

そこで、一人の男に目が留まった。

それは、最近よく彼女に話しかけてくる、あのサッカー部員だった。

「ちょっといい？」

ある日の中休み、やつはそう言って白河さんを教室の外へ誘った。

「え？　どしたの？」

不思議そうにしながらも、白河さんはついていく。

二人が向かったのは、近くの空き教室だった。

俺は焦って二人を追いかけ、ドアの隙間から中の様子をうかがった。サッカー部が何か変なことをしようものなら、いつでも飛び出していけるように心の準備だけはしておく。

「で、どしたー？」

白河さんは緊張感なく笑っている。男女どちらに対しても態度が変わらないところが、彼女の素敵なところだと思う。級友を観察していると、意外にそういう人は少ないことに気づくんだけど。

そんな彼女に、サッカー部は言った。

「俺と付き合ってくれない？」

「……⁉」

衝撃で、目の前が白くなった。

そうじゃないかとは思ってたけど、やっぱり、白河さんを狙ってたんだな……。

白河さんはなんと答えるのだろう。

そう思って、固唾を呑んだとき。

「あたし、彼氏いるから。ごめん」

あっけらかんと、彼女が言った。

「えっ⁉」

サッカー部が驚く。

「最近フリーだって、アカリから聞いたんだけど」

「あー……確かに、アカリには言ってない」

苦笑いする白河さんに、さらに苦々しい顔をしたサッカー部が訊く。

「……彼氏って、誰？　この学校のやつ？」

ドキッとする。

白河さんは、ばつが悪そうに「あー……」と表情を強張らせてしまった。

「……ヒミツ」

いや、それじゃ「この学校にいます」と言っているようなもんだよ！

「誰？　何部のやつ？」

案の定、サッカー部は詰めてくる。

「まぁいいじゃん」

白河さんはごまかそうとしているが、全然ごまかせていない。

「なんで言えないんだよ？　人に言いたくないような相手ってこと？」

サッカー部の言葉に、ドキッとした。

俺のことを言わないようにというのは、もちろん俺から白河さんにお願いしたことだ。

だが、もしかしたら、白河さんの心の中には、俺が彼氏であると言うことを恥ずかしがる気持ちがあるのかもしれない。彼のような陽キャイケメンだったら、確かに傍目(はため)から見て白河さんと釣り合ってるもんな……。

そう思って、また少し落ち込みかけたときだった。

「違うよ」

白河さんが言った。

「あたしは言っても全然いいんだけど、彼がめっちゃシャイなんだ。だから、付き合ってることあんまり人に言いたくないんだって」

「なんだよ、それ？」

だが、サッカー部は納得しない。

「ルナと付き合ってるのを言いたくない男なんているか？　まさかとは思うけど……クラスの全然イケてないやつとか？」

　図星を指されて、ドキッとする。

「まあでも、そんなやつとルナが付き合うわけないか……。なぁ、部活だけでも教えて？

うちの部じゃないよな？」

「うん、サッカー部じゃない」

「じゃあバスケ部？」

「違う」

「テニス部？」

「んーん」

　おーい、白河さん！　それって正解が出ちゃったときに初めて「ナイショ」って言うハメになって、見事バレるパターンのやつ！

　気づいて！

「もしかして、帰宅部？」

「うーん、どうだろ？　ヒミツ！」

「……帰宅部か」

　ほら〜！

　見事、サッカー部は正解にたどり着いてしまった。

「部活やってないとか、なんにもねーやつじゃん。そんな男のどこがいいわけ？」

いや、俺だって「ゲーム実況動画同好会」みたいなのがあったら入ったよ……？

それにしても、部活が人間のすべてみたいな言い方をされるとムカっとする。

「まあでも、ルナが言いたくない気持ちはわかった。そんなつまんないやつと付き合ってるなんて、恥ずかしくて言いたくないよな」

めちゃくちゃ言ってくれるな、サッカー部……。

フラれた腹いせなのかもしれないけど、こんだけ言われると本当に腹が立ってきた。

その一方で、彼の言うことを完全に否定できない、自分の自信のなさに自己嫌悪に陥る。

確かにな。白河さんの彼氏には、このサッカー部みたいな男の方がふさわしいと思う。

こうして見ていると、悔しいけれどお似合いだ。

白河さんだって、そう思っているかもしれない。元カレたちは、みんなこういう陽キャイケメンだったんだろうし……。

そんなことを考えてしまうと辛かった。

「ううん、だから、あたしは言ってもいいと思ってるんだよ。さっきも言ったけど」

白河さんは、サッカー部に穏やかに言い返す。

「帰宅部でも、あたしはいい人だと思ってる。あたしだって帰宅部だし」

白河さんをけなしたと思われないよう言い訳をしようとしたらしいサッカー部は、そこで白河さんに言葉を遮られる。

「あたしは彼氏のこと、つまらないとは思ってないから。あたしが自分で付き合うって決めた人だし。でも、彼が言いたくないって言うから、その気持ちを大事にしてあげたいと思ってるんだよ」

そう言う白河さんは、思いやりに溢れた優しい微笑をたたえていた。

「彼と付き合ってることが世界中にバレたって、あたしは恥ずかしくないよ」

白河さん……。

胸が熱くなった。サッカー部に対してそんなことを言ってくれた彼女に、愛しさが込み上げてくる。

なんていい彼女なんだろう。本当に、俺にはもったいないほどの、世界一素敵な女の子だ。

「え、いや……」

サッカー部の言葉に惑わされて、一瞬でも「白河さんは俺と付き合っていることを言いたくないのではないか」と思ってしまった自分が恥ずかしい。

白河さんが、他人に……しかも自分に告白してくれたイケメンに対して、俺のことをこんなふうに語ってくれるなんて。

俺は……もっと自信を持ってもいいのではないだろうか。「白河さんの彼氏」として。

白河さんが選んでくれたことに、もっと。

そんなふうに思っていたときのことだった。

「わかったよ……。じゃあ、次にそいつから乗り換えるときは、俺にしなよ」

サッカー部は、意地の悪い笑みを浮かべて言った。

「そいつにたくさん金使わせて、金が無くなったらまた他の男に乗り換えるつもりなんだろ？」

「は？　何言ってんの？」

「みんな言ってるよ。確かに帰宅部ならバイトもできるし、金持ってそうだよな」

「はぁ!?」

白河さんは表情に怒気を含ませるが、サッカー部はイヤミに笑って、そのまま教室を後にした。俺は慌ててドアから離れ、廊下を偶然通りがかった通行人を演じる。

そこで、廊下に屯（たむろ）している同級生たちの会話が耳に入ってきた。

「知ってるか？　白河月愛（るな）って……」

「あー、聞いた。彼氏を都合よく利用して乗り換える腹黒ビッチってやつ？」

「でも、あれだけ可愛かったら許されるよな」

「俺もヤリ捨てされてー！」

一人がふざけて雄叫びを上げ、他の男たちが笑う。

また別の女子の集団も、白河さんの話をしていた。

「白河さんの彼氏って、そんなにお金持ってるのかな？」

「あたし去年同じクラスだったけど、白河さんの彼氏って、どんな人なのかわからないんだよね。他校の人とか、大学生とかと付き合ってたみたい」

「ふーん。でも、二、三ヶ月しか続かないんでしょ？」

「あんなに可愛いのに、一人と数ヶ月しか続かないのって……」

「やっぱそういうことなのかなって、噂信じちゃうよねー」

「あ、ヤバ」

そこで、女子の一人がこちらを見て慌てた様子になり、彼女たちは教室へ入っていった。

背後を振り返ると、そこに空き教室から出てきた白河さんがいた。自分の噂を耳にしたのか、呆然としている。

「白河さん……」

思わず近づいて声をかけると、白河さんは俺に気づいて笑顔になる。

「リュート」

そして、何か言おうと口を開きかけた俺に言った。

「なんだろーね、なんか変な噂流れてるっぽいね」

「ああ……誰が一体こんな……」

「大丈夫！」

俺の言葉を遮るように言って、白河さんは明るく笑う。

「噂は噂だし。あたしは全然気にしてないから」

そう言って、彼女は俺の横を通って教室へ帰っていった。

その後ろ姿が、いつになく頼りなさげに見えて、胸が苦しくなる。

「なんだよ、噂って。誰が流してるんだよ……？」

白河さんが彼氏に金を使わせるだけ使わせて、金が無くなったら次の男に行く？

「ないだろ……」

それは俺が一番よく知っている。

——じゃあ、これくれる？　これがいいな、あたし。

あんな一銭にもならない手作りの地図を、誕生日プレゼントにもらって、嬉しそうに笑ってくれた白河さんが。

——あげる。これはリュートの分だよ。

自分のお小遣いをはたいて、俺に自分とお揃いのスマホケースを買ってくれた白河さんが。

金目当てに男と付き合ったりなんて、するわけない。

そもそも、金目当てだったら、俺みたいな金も持ってなさそうな陰キャ男と付き合うわけがない。自分で言うのも悲しいけど。

そんな根も葉もない噂を流したやつは誰なんだ？

絶対に許せない。

心の底から、そう思った。

◇

そんな噂の流行と時を同じくして、クラスでは黒瀬さんの人気がうなぎ登りになっていた。

「黒瀬さんっていいよな〜」

休み時間になると、教室のどこかで男子たちが彼女の話をしている。

ちょっと黒瀬さんを観察してみると、その理由はよくわかった。

授業が終わって休み時間になったとき、黒瀬さんがノートを落とした。斜め後ろの男が、それを拾って渡そうとする。すると、席を立ってノートを拾おうとした彼女が、ノートを拾ってくれた男の腕に触れた。

「あっ、ごめんね。……ありがとう」

少し腰をかがめた低い体勢から、上目遣いに男を見つめる。

「い、いや、全然いいよ」

男は真っ赤になって目を逸らした。

また、ある日のこと。

俺と黒瀬さんは、席順から二人で日直になった。朝のHRのあと、早速、先生から生徒全員分の健康観察ファイルを職員室へ運ぶよう頼まれた。

「二人で半分ずつ持とうか」

生徒全員分といっても、記録用の紙が数枚ずつ挟まっただけの紙ファイルなので、重さはそれほどでもない。俺が男子の分を持ち、黒瀬さんが女子の分を持てば、男子の方が人数が多いし、ちょうどいいと思ったのだが。

「うーん、重いな～……」

黒瀬さんは困り眉で、よろよろと歩き始める。

「え？　そう？」

確かに、小さい黒瀬さんが嵩張る荷物を運んでいると重そうに見えるけれども、そんなはずはないのにと思っていたときだった。

「俺が持つよ」

クラスの男子が声をかけ、黒瀬さんの分のファイルを持った。

「あれ？　全然重くねーじゃん」

「えーそう？」

黒瀬さんは驚いたような顔をする。

「斎藤くんって力持ちなんだね。女子には重たいよ〜」

「そうかぁ？」

斎藤はまんざらでもない顔でやにさがり、そのまま職員室までファイルを運んだ。

そうして手ぶらになった斎藤はお役御免で先に消え、先生に報告を済ませた俺と黒瀬さんが、二人で教室に帰るときだった。

「日直って、帰りに日誌を書くんだよね？」

黒瀬さんに訊かれて、俺は頷く。

「そうだね」

すると、彼女は困った顔をした。

「わたし、今日ちょっと放課後用事があるんだよね……どうしよう……」

「日誌なんてテキトーに書けばいいんだし、二分で終わるよ」

中一の頃の俺だったら、ここで勢いこんで「俺が書いておくよ」と言っただろう。ノートを拾った男子や、斎藤のように。

だけど、この子はきっと、そういう子なんだよな。男の庇護欲をそそるというか、その気にさせる態度を無意識にとってしまうというか……俺だけが特別なわけじゃない。

一度フラれた苦々しさもあるし、白河さんへの想いが強くなっていることもあって、今の俺は黒瀬さんに対して冷静に振る舞うことができていた。

「…………」

黒瀬さんは、俯いて、少しの間無言だった。

「……チッ」

えっ⁉ 今、舌打ちしなかったか⁉

き、気のせいだよな……。

そんなことを思っていると、黒瀬さんが顔を上げた。

「加島くん、やっぱり、わたしのこと恨んでる……？」

その大きな瞳はチワワのように潤んでいて、思わず焦ってしまう。

「えっ⁉　何が？」

「わたしが昔、加島くんの気持ちに応えられなかったから……いじわるしてる？」

「いや、そんなことしてないよ、全然！」

え？　なんで今こんなこと言われる？　日誌を引き受けなかったからか？

「わかった、日誌は俺が書いておくよ」

黒瀬さんを泣かせたとなったら男子から袋叩きにあいかねないので、慌てて言う。

「ほんと？」

黒瀬さんはパッと顔を輝かせ、口元に清楚な微笑をたたえた。

「加島くんって、優しいんだね……」

意味ありげなゆっくりまばたきのあとで、彼女はこちらを上目遣いに見つめてくる。

「そういう人、好き」

「えっ……」

思わず声が出てしまったのは、今回は「かも」という保険がついてこなかったからだ。

いや、落ち着け。この子はこういう子なんだし、俺には白河さんがいる。

そんな俺の内心の動揺を楽しむかのように、黒瀬さんは満足げに微笑む。

「でも、いいよ。日誌はわたしも書くから」

「えっ?」

「それじゃあね」

そう言って一人でスタスタ歩いていった彼女の後ろ姿を、俺は狐につままれた気持ちで見送るしかない。

「なんなんだ……」

そのときだった。

視線を感じて振り返ると、そこに白河さんが立っていた。

「あ、リュート……」

白河さんは、珍しく深刻な表情をして、周りに目を配った。誰も注目していないと見ると、俺に一歩近づいて口を開く。

「日直の仕事?」

「うん」

「……黒瀬、さんと?」

「う、うん」

「大丈夫だった？」

「えっ？」

大丈夫って何が……と思っていると、白河さんはもう一歩こちらに近づいて、声を潜めて口を開いた。

「あたし、リュートに言っておかなきゃいけないことがあって……」

「ん？　何？」

俺が訊き返したとき。

「あっ、ルナいたー！」

「探したよー！　何してんの？」

廊下の向こうからイケてる女子たちが白河さんを呼び、白河さんははっとする。

「あっ……うん！」

女子たちに応えてから、俺を見て申し訳なさそうな顔をする。

「ごめん、リュート。また今度……」

「いいよ、行って」

白河さんを送り出して、俺は再び一人になる。

――あたし、リュートに言っておかなきゃいけないことがあって……。

「……なんだろう？」

白河さんのあんな顔、初めて見た気がする。

最近よくない噂（うわさ）が流れているし、そのことに関係する話だろうか。

次の授業が始まっても、白河さんが言おうとしたことが気になって、いつまでもあれこれ考え込んでしまった。

その日の放課後。

まだクラスメイトのほとんどがダラダラと残っている教室で、俺は隣の黒瀬さんから日誌を受け取った。

「はい、加島くん」

見ると、今日の欄がきっちり半分埋まっており、内容も要領良くまとまっている。

なんだ。完璧じゃないか……。

「じゃあ、俺の分書いたら出しとくから、先帰っていいよ」

用事があるとかいう話だったからそう言ってあげたのだが、黒瀬さんは「ねぇ、それより知ってる？」とこちらに身を乗り出してきた。

「え、何を？」

「白河さんの本性」

「え……」

ドキッとして、思わず固まってしまった。

白河さんはまだ教室の中にいて、山名さんたちと楽しそうに喋っている。

もしかして、例の噂のことだろうか。

俺が黙っていると、黒瀬さんは顔面に喜色をたたえてこちらに身を寄せる。

「あのね、わたしのお姉ちゃんの後輩が、白河さんの元カレなんだけど」

胸の奥が、ググッと疼いた。

白河さんの元カレ。

普段なるべく考えないようにしているのに、こんなに滑らかにそのワードが出てくると、やっぱりそれは確実にこの世に存在するのだということを思い知らされてしまう。

「……それが、どうしたの？」

かろうじて平静を保ってそう尋ねると、黒瀬さんは俺が関心を示したことに満足したように微笑んだ。

「その人、白河さんと付き合ってたとき、すっごく疲れたって言ってた。自分の都合で男を振り回すし、デート代は男が出して当然だと思ってるし、とにかくワガママなんだって」

それを聞いて最初に心に浮かんだのは、大きなハテナマークだった。

「……それ、ほんとに白河さんのこと？」

俺の問いに、黒瀬さんは大きく頷く。

「もちろん。元カレ本人が言ってるんだし、間違いないよ」

「…………」

それが本当だとしたら、元カレは嘘をついていると思う。

だって、白河さんがそんなことをするわけがない。

——いくらだった？　あたしの分、払うよ。

自分の誕生日デートでも、当然のようにドリンク代を払おうとしてくれた白河さん。そんな彼女が、デート代は男が払って当然と思っているとは考えられない。

しかも、ワガママだって？　白河さんは、俺みたいな彼氏にも気を遣って、喜ばせようとしてくれる子なのに。

だけど、最近流れている白河さんの不名誉な噂の出所がわかった。

「黒瀬さん」

「ん？　どしたの？」

俺の怒りを秘めた口調に気づいていないのか、黒瀬さんはまだ機嫌良く俺を見ている。

「その話、他の人にもした？」

「え？」

そこで俺の様子の変化に気づいたのか、黒瀬さんはわずかに表情を硬くする。

「なんで？　う、うーん……忘れちゃったな。でも、これは事実なんだから、みんな知るべきだと思わない？」

「…………」

おそらく、彼女がこうやって、クラスメイトにもっともらしくデタラメ話を吹き込んだのだろう。

嘘をついているのが元カレなのか黒瀬さんなのかは知らないが、他人のそんな不名誉な話を嬉々として触れ回っている彼女に腹が立っていた。

俺の内心の苛立ちを知る由もなく、黒瀬さんは話を続けようとする。

「白河さんってモテるでしょ？　だから、次に付き合えそうな男の人を何人もストックしてて、彼氏のお金がなくなってきたら乗り換えるんだって。怖いな〜」

そう言って、黒瀬さんは怯えた顔で後方に目をやる。そこには、相変わらず楽しそうに談笑する白河さんがいる。

その屈託のない、可愛い笑顔を見たら、俺の中の怒りの炎が急激に大きくなってきた。

「でね、白河さんって、実は他にも……」

「それ以上、白河さんのことを悪く言うな」

その声に、教室中の雑談が一瞬止まった。

自分で思っていたより、大きな声を出していたらしい。それとも、陰キャの俺が白河さんの名前を口にしたから、みんな驚いたのだろうか。

「や、やだ、どうしたの加島くん」

黒瀬さんは焦った表情になる。

「黒瀬さんが言ってることは間違ってるよ。白河さんはそんな子じゃない」

俺が言うと、黒瀬さんはムッとした様子を隠そうともせず言い返す。

「間違ってないわ。ほんとに元カレが言ってたって聞いたんだもん」

「じゃあ、その『元カレ』が嘘をついてる」

教室にいたクラスメイトが、言い合う俺と黒瀬さんを、何事かという目で見ている。

けれども、今はそんなことどうでもよかった。

白河さんに対する間違った評価を正したい。

心にあるのは、その思いだけだった。

「白河さんはそんな子じゃない。すごく彼氏想いで、自分のことより彼氏が喜ぶことをしてあげたいと思ってくれるような優しい子だよ」

それを聞いた黒瀬さんは、意地悪そうに口の端を上げる。

初めて見る表情だ……。

その顔に彼女の本性を見た気がして、思わず背筋がゾッとした。

「何それ、妄想？　わたしは元カレ本人を知ってるんだよ？」

「俺だって、彼氏本人を知ってるよ」

今さら引き下がれないし、引き下がりたくもない。

誤解を解きたい。白河さんの事実無根な悪評を訂正したい。

その一心で、俺は続けた。

「白河さんはいい子だよ。記念日には、彼氏におそろいのものをサプライズでプレゼントしてくれるし、お金がなくなった彼氏が誕生日プレゼントを買ってあげられなくても、手製の買い物マップだけで喜んでくれるような子なんだ」

デートのときのことを思い出して、胸がじんと熱くなる。

「白河さんはワガママなんかじゃない。いつだって彼氏のことを考えて気遣ってくれる、最高の彼女だよ」

俺の言葉を聞いて、黒瀬さんは眦(まなじり)を吊(つ)り上げる。

「は？　その『彼氏』って、どこの誰なのよ？　ほんとに存在するわけ？　言えるもんなら言ってみなさいよ」

「…………」

「ほら、言えな……」

「言える」

耳の中で、自分の心臓の音が爆音で鳴っていた。

「俺が、白河さんの彼氏だ」

一瞬、教室中がしんとした。

言ってしまった。

あんなにバレるのを恐れていたのに。

こんな形で、白河さんと付き合っていることを公表してしまった……。

耳が痛くなるような静寂の後で、静かなどよめきが起きる。

「はぁ……？」

「何言ってんだ、あいつ」

「ねー、あんなこと言ってるけど、ほんと？」

信じていない人が大半のようだが、その中で面白がって白河さんに尋ねるクラスのお調子者がいた。

「ほんとにあいつが彼氏なの？」

「え……」

その戸惑いの声で、俺は後ろを振り返った。

白河さんが、驚いた顔でこちらを見ていた。クラス中が注目することになったこの騒ぎの中で、彼女も今の俺の発言を聞いていたものと思われる。

そして、彼女は戸惑いながら頷いた。

「……うん」

「えっ⁉」

自分が訊いたくせに、お調子者は驚いている。

「嘘だろ？　冗談だよな？」

「ううん」

固まるクラスメイトたちに向けて、白河さんはぼそりと呟いた。

「あたし、彼と付き合ってる」

「「「「「「ええええええ～～～っ!?」」」」」」

そこでようやく、どよめきの多重奏が起こった。

「ありえなくない!? なんで加島みたいな地味なやつと!?」

「ルナって、あーゆうタイプとも付き合うんだ!?」

みな驚きを口々に言い合う。

「意外……ほんと意外すぎるんだけど」

「なんで？ 全然接点なくない……？」

そうして最初の衝撃が去ったあと、主に男子の中で、異様に興奮する者が現れた。

「加島でもイケるってことは、もしかして俺でもイケるんじゃね!?」

「ハイスペイケメンとしか付き合わないと思って、今まで諦めてたけど」

「うわ～めっちゃいい子じゃん！ ますます好きになったわ」

「次フリーになったら、ダメ元で告ってみようかな⁉」

「ワンチャンあるな⁉」

　同時に、黒瀬さんに対して冷ややかな視線が注がれる。

「加島みたいな彼氏にもよくしてくれるなら、黒瀬さんの話はデタラメか」

「元彼がフラれた腹いせに悪口言ってんじゃない？」

「ってか、その話自体、もしかしたら黒瀬さんの作り話かも……」

「確かに……。今まで、白河さんのそんな話聞いたことなかったしな」

「な、何よ……」

　急にクラスメイトの注目を浴びて、分が悪くなった黒瀬さんは額に汗を浮かべる。

「ほんとに聞いたんだからっ……」

　両手をちまっと拳に握って、そう訴えた。

　だが、言い張っても旗色が良くならないことを察すると、彼女はすっくと席を立つ。

「ひどいっ！　わたし、嘘なんて言ってないもんっ！」

　大きな瞳に涙をいっぱい溜めて叫び、その勢いで廊下へ走り出ていった。

「お……おい！」

　まだ彼女には聞きたいことがあった。どうしてあんな嘘をみんなに広めたのか。

なぜ白河さんだったのか。

それを確かめなければならない。

そう思った俺は、未(いま)だ好奇の視線が渦巻く教室から、黒瀬さんのあとを追いかけて飛び出した。


黒瀬さんは廊下を走り抜け、屋上へ続く細い階段の途中で立ち止まった。

「……っく……ひっく……」

肩を揺らしてしゃくりあげ、両手で目元を拭っている。どうやら嘘泣きなどではなく、本当に泣いているようだ。

「黒瀬さ……」

「来ないで!」

近づこうとすると、激しく撥(は)ねつけられた。

「……なんで来るのよぉ……わたしのことなんか好きじゃないくせに……あの女のところにいればいいじゃない」

「………………」

なんなんだ一体……。

「……話してくれないかな。どうしてこんなことをしたのか」

泣き声が落ち着いたところで、階段の下から話しかけてみると、黒瀬さんは顔を覆ったまま、階段にぺたんと座った。

「『こんなこと』って、どれのこと」

「白河さんの悪い噂を流したことだよ」

俺がいうと、黒瀬さんの泣き声が再び大きくなった。

「わぁん！　あんたって、ほんとやだ。白河さん白河さんって、あの女のことばっかり……昔はわたしのことが好きだったくせに！」

な、何を言ってるんだ？

「……今は白河さんと付き合ってるんだから、当たり前だろ？」

「それがやなの！」

黒瀬さんは、駄々っ子のように叫んだ。

「わたしはみんなに好かれたい。みんなの一番になりたいの！」

「で……でも」

若干気圧されながら、俺は反論を試みる。

「みんなに好かれたところで、付き合える男は一人だけだろ？　そんなの意味な……」

「付き合わないもん！」

俺の言葉は、黒瀬さんに遮られた。

「わたしはみんなに好かれたいだけなの。だから、誰かと付き合ったことなんか一回もない」

そう言う彼女の目に、再び涙が盛り上がってくる。

「一番になりたいの……一番じゃない女の子は選ばれない。わたしはもう、あの女から何も奪われたくないの……」

「……何を言ってる？　白河さんと、前からの知り合いなのか……？」

そう尋ねてみると、黒瀬さんの目から大粒の涙がこぼれ落ちた。それを恥じるかのように俯き、黒瀬さんは静かに口を開いた。

「白河月愛は……わたしの双子の姉」

それを聞いて、全身に稲妻のような衝撃が走った。

「えぇっ⁉」

ふざけているのかと黒瀬さんを見るが、彼女は恨みがましい顔で、俺をじっと見つめ返してくるだけだ。

「嘘だろ？　だって……」

見た目も中身も、全然似てない。可愛いのは、どちらも可愛いけど……と思っていると、黒瀬さんは自嘲気味に微笑んだ。

「似てないでしょ？　二卵性だから。わたしはお父さん似で、あの女はお母さん似」

「……本当に？」

「こんな不愉快な嘘、つきたくないわよ。あんなビッチと血が繋がってるなんて」

「でも、苗字……」

「両親が小五で離婚して、わたしはお母さんの苗字に変わって、あの女はずっとお父さんの苗字のまま。加島くんと同じ学校になったのは中学からだから、『白河海愛』だった頃のわたしを知らないだけ。お母さんの実家に引っ越したから、学区が変わって『白河』時代のクラスメイトもいなかったし」

そう言われてみれば、筋が通っている気がする。

黒瀬さんのお母さんがシングルマザーだというのは、同じクラスだった頃に噂で聞いていた。クラスには他にもそういう生徒が何人かいて、そんなに特別だとは思わなかった。

確か、お母さんの他に、おじいちゃん、おばあちゃんと一緒に住んでいると。好きだった子のことだから、未だになんとなく覚えている。

　そして、黒瀬さんは中二のときに転校してしまった。お母さんが再婚して、新しいお父さんの都合で千葉に住むことになったのだと、違うクラスになってはいたが、級友たちが話しているのを耳にした。

「……あれ？」

　でも、そういえば今の苗字は……俺が知っていた「黒瀬」のままだ。黒瀬さんのことをあまり考えないようにしていたので、今まで疑問に思わなかったけど……。

「お母さん、先月別れたの。……だから、おじいちゃんちに戻ってきた」

　俺の思考を先読みしたかのように、黒瀬さんが言った。

　俺は、そんな彼女を改めて見つめる。

「……ほんとに……白河さんの妹なんだ……？」

「だから、そうだって言ってるでしょ」

　黒瀬さんは不本意そうに呟く。

　そのとき、俺は思い出した。

　──あたし、リュートに言っておかなきゃいけないことがあって……。

　さっきの話は、もしかしたらこのことだったのかもしれない。

それに、前に家族の話をしたときにも……。

——まあでも、姉妹が離れ離れにならずにすんだのはよかったね。

——えっ……？

あのときの、驚いた顔と。

——う、うん。まぁ、そだね……。

その後の不自然な受け答え。

あれは、黒瀬さんのことを考えていたからだったのかもしれない。

「上のお姉さんと白河さんはお父さんが、君のことはお母さんが引き取ったの？」

俺が訊くと、黒瀬さんは唇を噛む。

「……わたしは……ほんとはお父さんと一緒に暮らしたかった」

再びその目に涙がこみ上げ、みるみるうちに片目からぽたりと雫が、膝のスカートに吸い込まれていく。

「わたしも月愛も、お父さんが大好きだった。だけど、わたしたちのうちのどっちか一人は、お母さんと一緒に家を出ることになった。上の姉はもう高三で就職も決まってたし、自由にしていいって言われてたけど、わたしたちはまだ親の手もお金もかかるから、両親が話し合って、そう決めたみたい」——

そう言うと、黒瀬さんは涙を拭って鼻を啜る。

「わたしはお父さんと一緒にいたかった。でも……お父さんが選んだのは、月愛の方だった」

黒瀬さんは、顔を歪めて涙を零す。

「月愛は甘え上手で、家族みんなに可愛がられてた。お父さんも、わたしより月愛が好きだったのよ……」

そう話す顔には、抑えきれない悲しみが浮かんでいた。

「わたしは静かな子だったから……自分の気持ちがうまく伝えられなくて、人に好かれるのも苦手だった。でも、そんな自分を変えなきゃと思ったの」

思い詰めた表情で、黒瀬さんは俯く。

「愛される女の子じゃなきゃ、幸せになれない。一番じゃなきゃダメなの。一番じゃなかったら、選んでもらえないんだから」

瞼が腫れ、鼻の頭が赤くなり、まつ毛が濡れ……そんな状態でも、黒瀬さんは文句なしに可愛かった。だから、というわけではないが、彼女のことがだんだん気の毒になってきて、ここで放り出してはいけない気がした。

「もしかして……だから、クラスの人気者の座を奪おうとして、白河さんの悪い噂を流したのか？」

俺の問いに、黒瀬さんは黙って頷いた。

「そうか……」

そんな事情があったところで、彼女がしたことが許されるとは思わない。

だけど、このままでは黒瀬さんは救われないと思った。

俺が中一の頃に恋した黒瀬さんと、今の彼女はまったくの別人に見える。でも、今こうして目の前にいる彼女の方が、なんとなく本当の黒瀬さんのような気がする。

たぶん、彼女は今までこんなことを他人に話したことはなかったんだろう。みんなに好かれることを目指していたから。自分のイヤな面を見せるようなことをしていなかったんじゃないか。

だったら、今ここで素顔をさらけだしている彼女には、俺が何か言ってあげなくてはいけないと思った。

彼女が心から反省できる材料を。

そして、これからの心の糧になることを。

「……どうしてお父さんが白河さんを選んだのか、訊いたことある？」

俺が尋ねると、黒瀬さんは小さく頷いた。

「あるけど、お父さんとお母さんで話し合って決めたことだって、詳しくは教えてもらえなかった」

そして、不貞腐(ふてくさ)れたように目を眇(すが)める。

「でも、聞かなくてもわかる。お父さんもお母さんも、月愛の方を可愛(かわい)がってた。二人で月愛を取り合ったのよ」

「そんなこと……」

ない、とは赤の他人の俺には言い切れないけど。

「……ご両親にもいろいろ考えや事情があったんだろうし、お父さんは白河さんの方が可愛いからって理由だけで、白河さんを選んだわけじゃないと思うよ」

「…………」

黒瀬さんは納得していない顔で、自分の膝を見つめている。

「それに、黒瀬さんのやり方は間違ってる」

俺の言葉に、黒瀬さんは顔を上げた。何を言うのかという目でこちらを見る。

「『一番愛される女の子になりたい』って思うようになった黒瀬さんの気持ちはわかった。けど、それってお父さんに……自分にとって特別な人に選ばれたいってことだろ？　だったら、こんなことをしてもしょうがなくないか？」

黒瀬さんは、何かに気づいてはっとしたかのような顔になった。

「黒瀬さんが誰とも付き合わなかったのは、誰のことも好きじゃなかったからだろ？　好きでもない人に好かれても、お父さんに……好きな人に選ばれなかった傷は癒えなくないかな？」

黒瀬さんは目を伏せ、唇を噛んだ。こみ上げる思いを噛み殺すような表情だった。

「これからは、みんなに一番好かれることを目指すんじゃなくて、黒瀬さんがいつか本当に好きになれる男と出会ったとき……その人から愛されるような女の子を目指したらいいんじゃないかな」

「…………」

黒瀬さんはしばらく俯いて沈黙を守った後で、目を上げてこちらをジロリとにらんだ。

「……あんたに何がわかるのよ」

「わからないけど……黒瀬さんは、俺と似てる気がするから」

「はぁ⁉」

「ご、ごめん……でも、聞いてくれる？」

黒瀬さんがむっとするのもわかった上で、俺は続けた。

「白河さんは、みんなに好かれようと思って行動してるわけじゃないよ。自分が思ったことを口にして、自然体に振る舞ってるだけで、たくさんの人にいい印象を与えられる人なんだよ。それは容姿のおかげだけじゃなくて、元の性格とか、生まれつきの素質でそうなってるんだと思う」

白河さんを見てると、自分と違いすぎて驚くことが多い。「人徳」ってこういうことなんじゃないかと思う。

「黒瀬さんは、たぶん『自分がこう言ったら、他人からどう見られるか』とか、人の目を気にして、いろいろ考えてから行動するタイプだろ？　俺もそうなんだけど」

だからこそ、思うことなんだけど。

「そういう人が無理して白河さんみたいになりたいと思ったら、頑張り続けないといけなくて、苦しいと思うよ」

俺には到底わからないけど、黒瀬さんにはきっと、白河さんに対して思うことがたくさんあるんだろう。距離が近いだけに。

双子なのになんでこんなに違うんだろう、とか。

自分だってああいうふうになれたかもしれないのに、とか……。

「あんたなんかに何が……」

「でもさ」

やさぐれ顔で言い返そうとする黒瀬さんを遮って、俺は続けた。

「白河さんより、黒瀬さんの方が好きだっていう人も、世の中には少なからずいると思う」

黒瀬さんは、はっとした顔で口をつぐむ。

「そういう人の中から、好きになれる男を見つけられたら、黒瀬さんは幸せになれると思うよ」

黒瀬さんは、しばらく何も言わなかった。

「もし、納得してくれたなら……今回のことについて、白河さんに謝って欲しい」

黒瀬さんは、なおも無言だった。もう少し何か声をかけようかと思ったとき、俯いていた彼女が声を発した。

「……わかったから、もう一人にして」

深く落ち込んだような、暗い声だった。

だから、そのまま立ち去る気になれなくなってしまう。

「黒瀬さん……」

「何？　慰めてくれるつもり？」

そう言って顔を上げた黒瀬さんは、意地悪そうな笑みを浮かべて俺を見た。

「やめてよ。わたしのこと好きでもないくせに。あんたは月愛を慰めてればいいでしょ」

「でも……」

「いいから。月愛の彼氏に慰めてもらうほど落ちぶれてないし。行って！」

「…………」

　これ以上話しかけても、この調子ではかえって逆効果かもしれない。

　そう思った俺は、仕方なく踵を返してその場を後にした。

　だから、俺は聞くことがなかった。

　誰もいなくなった階段に一人残された黒瀬さんが、膝を抱えて呟いた台詞を。

「……それじゃわたし、また幸せになれないじゃない。よりによって、一番あの女のことを好きな男に、こんな気持ちになっちゃうなんて……」

　その不貞腐れたような顔は、頬がほんのり赤らんでいた。

「わたしのこと好きじゃないなら、かまわないで欲しかったわ……」

教室に帰ろうとすると、開けっ放しのドアから白河さんが飛び出してきた。

「リュート！」

中を見ると、教室内にはまだ人が多く、帰ってきた俺に興味津々（きょうみしんしん）な視線を注いでいる。

「……と、とりあえず、帰ろうか」

白河さんにそう言うと、俺は教室に入ってそそくさと鞄（かばん）と日誌を取り、職員室に寄ってから、彼女と共に下駄（げた）箱へ向かった。日誌は一言しか書けなかったが、黒瀬さんがちゃんと書いてくれたからなんとかなるだろう。

「ごめん、あたし……リュートに海愛のこと言えてなくて」

二人になってすぐ、白河さんが切り出した。

「海愛は、あたしと双子なのを嫌がってたから。それなのに、わざわざうちの学校に転校してきたのは謎だけど……」

黒瀬さんにどういう意図があったのかは、確かに俺にもわからない。白河さんに嫌がらせするためだったのかもしれないし、あるいは……。

「もしかしたら、白河さんの近くにいたかったのかもよ」

「えっ……？」

驚いた顔をする白河さんに、俺は言った。

「本当に顔も見たくないほど嫌いな相手だったら、嫌がらせをするためだとしたって、同じ空間にいたくないと思うし」

「……そっか」

白河さんは俯いて、噛み締めるように呟く。

そして、顔を上げて俺を見た。

「ありがと、リュート」

そう言って微笑んだ可愛い笑顔は、改めて見ると、ほんの少し黒瀬さんと似ている気がした。

「でも、よかったの？　リュート」

靴を履いて校舎を出てから、白河さんが気遣わしげに言った。

「リュート、みんなにバレるのイヤがってたじゃん？」

「ん……そうだけど」

まさかこんな形でカミングアウトすることになるとは、俺自身も思っていなかった。

「でも、それ以上に、白河さんが誤解されたままなのがイヤだったから」

俺の答えに、白河さんは目を見開く。

「あたしの、ため……？」

俺を見つめるその瞳に、ほんのりたゆたうものが浮かんでくる。

白河さんが、涙ぐんでいる。

その事実に驚いていると、彼女は急に慌てたように両目を手の甲で拭った。

「あ、あれ？　どうしたんだろ」

あさっての方を見て、ごまかすように明るく笑う。

「あたし、バカだから。悪い噂とか、そういうのあんま気にならないと思ってたんだけど……やっぱ、ちょっとは気になってたのかなぁ？」

確かに、白河さんは強い子だと思う。そんな彼女でも、事実無根の悪評で、連日のようにクラスメイトの好奇の視線を浴びる生活は堪えたのだろう。

「だけど、なんだったんだろね、あの噂。元カレがあたしのこと言った話が、変なふうに海愛に伝わったのかな？」

「……え？」

それを聞いて、目が点になった。

もしかして。

白河さんは、あの噂が、黒瀬さんが白河さんへの嫌がらせのために吹聴した作り話だと気づいていないのだろうか？

どこまでいい子なんだろう……。いい子すぎて、ちょっと心配だ。

そんな彼女にこれ以上のことを言うのは、とりあえず今はやめておこうと思った。

姉妹のことは、姉妹二人で解決した方がいい。そのうちきっと、黒瀬さんは白河さんに謝ってくれるだろう。

昔、俺をフッた美少女が黒瀬さんだったことは、白河さんにはまだ言っていない。クラスメイトだし、隣の席だし、何か気まずかったせいなのだけれども……二人が姉妹だとわかった今は、彼女たちがまた笑い合えるような仲に戻れたら、いつか笑い話として打ち明けてみようかなと思う。

「……そうだね。変な噂だったね」

「リュートは、信じなかったの？　あの噂」

そこで白河さんに問われて、俺は頷いた。

「信じなかったよ」

「……でもさ、リュートにはわからないわけじゃん？　付き合う前のあたしのことは」

俺はちょっと考えた。

「うん……。でも、俺が好きなのは、今の白河さんだから。だから、過去は……関係ないかなと思って」

それは、自分に言い聞かせるための言葉でもあった。

本当はそんなふうに割り切れているわけではない。元カレのことを考えると、やっぱり胸が苦しい。

でも。

「もし、過去の白河さんが噂通りのことをしてたとしたって、今の白河さんはまったく違うから。そんな過ぎ去った過去が、今の白河さんの名誉を傷つけることを、俺は許せない」

真剣に答えた俺に、白河さんは少し苦い微笑を見せる。

「まぁ、してないんだけどね。噂みたいなことは」

「うん。そうだと思ってる」

俺が微笑んで頷くと、白河さんの顔から微笑が引いた。

次に見たとき、その頬がわずかに紅潮しているように見える。

「……リュートって、やっぱ変だよね」

聞き返さなくても、それが悪い意味ではないことはもうわかる。

その証拠に、白河さんは嬉しそうに笑いかけてきた。

「ありがと、リュート！」

そのとびきり可愛い笑顔を見ると、思わず彼女を抱きしめたくなる。

そして、ふと思った。

付き合い始めてから今日まで、俺は白河さんに指一本触れていない。

こうして肩が触れ合いそうな距離で並んで歩いていても、彼女の体温を俺は知らない。

その事実に気づいてしまったら、こみ上げる愛おしさとともに、ほんの少しの胸苦しさも覚えた。

第四・五章　ルナとニコルの長電話

「なんかすごかったじゃん、今日……。ルナ、だいじょぶ？」

「うん、あたしは全然。もともと隠すつもりもなかったしさー」

「じゃなくて、妹の方よ。ルナのデマ流してたの認めた？」

「あー……。実はさっきね、うちに海愛(まりあ)から電話あって、ごめんって謝ってくれたの。だから、もういいんだ」

「え？　あんな言いふらされてたのに、それで許すの？」

「ん、海愛もきっと何か勘違いしてたんだと思うし」

「んーまあ、それはルナらしいけど……。で、まだ双子だってヒミツにするわけ？」

「ん……海愛は知られたくないかもしれないし。海愛と普通に話せるようになるまで、ニコル以外の友達には言わないどく」

「やっぱ普通にはできなそう？　向こうは」

「……まあ、しょうがないよ。海愛、お父さんっ子だったから。あたしのことまだ恨んでるんだと思う」

「そっか……。まーそれにしてもさ。今日はみんな、超驚いてたね。ルナと今の彼氏、全然イメージじゃないから」

「なんでだろーね。リュートはいい人だよ？」

「そーね。あたしはお似合いだと思うよ」

「マジ？　うれしみ～！」

「今んところね」

「……ってか、そうだ、ニコル」

「ん？」

「今度からリュートと会うときは言ってね？　ユナから写真送られてきて、超ビックリしたから」

「あ？　写真って、もしかしてマッ●にいたときの？」

「うん」

「あーそ。ユナもいたなら、声かけてくれればよかったのに」

「男子と二人だったから遠慮したんだって。ユナも彼といたし」

「いや、どー見てもデートの空気じゃなかったっしょ。もしあいつが軟弱な男だったら、しばき倒してやる気満々だったし」

「そ、そうだったんだ……？」

「……え？　ルナ、もしかして妬いてんの？」

「えっ⁉」

「あたしがあんたの男盗るわけないじゃん。付き合ってるの知ってんのに」

「や、違うって！　そういうのじゃないけど……」

「んー？」

「ただ、言っといてくれれば、ビックリしなかったなーと、思ってさ」

「んーそうね、ごめん。思いついたらすぐ行動したくなっちゃって」

「わかるー。あたしもそうだし、別にいいんだけどね」

「まーほんとに『別にいい』と思ってる人は、わざわざそんなこと言ったりしないと思うけどねぇ」

「え？　どういうこと？」

「ルナ、自分で思ってるより、今カレのこと好きになってるんじゃない？」

「な、なんで？」

「あたしが無断で会ってたの知って、モヤッとしたんでしょ？」

「ルナにしては珍しいじゃん。あたしがあんたの彼氏呼び出して説教するのなんて、初めてのことじゃないのに」

「あ……確かに」

「今度は続くといいね。まあ、あの男なら浮気とかしなそうだし？」

「うん。そう信じてる」

「ってか、もし浮気なんかしたら、あたしがマジでぶっ殺すから安心しな」

「あはは、だいじょぶだよ、リュートは。てか、マジでぶっ殺したら安心できないって」

笑いながら言って、月愛は少し押し黙った。ベッドの上で膝を抱えて、机の上に視線を送る。

そこには、折り畳まれたタピオカマップが鎮座していた。

「……今までと違って、リュートといると、時々ドキドキするんだ。もしかして、こーゆーのがほんとの恋愛なのかなぁ……？」

「…………」

ほんの少し前まで、俺が白河さんと付き合っていることがみんなに知られたら、大変なことになってしまうと思っていた。好奇の目でジロジロ見られたり、指を差して笑われたり……すれ違いざまに罵声を浴びせられたりするようなことすら想像していた。

だから、カミングアウト翌日、登校してきた教室の景色が、驚くほどいつも通りなことに拍子抜けした。

強いて言えば、少しだけ変わったのは。

「「おはよー、加島くん」」

今まで話したことのないクラスの女子が数人、横を通り過ぎながら挨拶してくれたことだ。

「あ、おはよう……」

面食らっていると、彼女たちは連れ立って教室の隅に行き、コソコソ話す。

「目立たないから気にしてなかったけど、加島くんって悪くないよね」

「優しそうだよね。ブサメンでもないし」

「うん、絶対いい人だよ。だって、あの白河さんが選んだんだもん！」

ところどころ聞こえてきた感じだと、悪口を言われているわけではなさそうだ。

自分の席に着くと、隣の席に座っていた黒瀬(くろせ)さんが、俺の方をちらりと見た。

「あ……おはよう」

昨日の今日で気まずさはあったが、目が合ったので挨拶する。

「……お、おはよ」

無視されるかな、と思ったけれども、黒瀬さんは小さな声で呟(つぶや)くように返してきた。その頬は紅潮し、視線は恥ずかしそうに泳いでいる。

「……？」

やはり黒瀬さんも気まずいのだろうなと思って、それ以上話しかけないようにした。

だが、その日の帰りのＨＲにて。

提出物を教卓に集めることになって、クラス中が後ろから前へ紙を回しているとき、自分の列の紙が揃(そろ)った俺は、まだ後ろの紙を待っている隣の黒瀬さんを見た。

「黒瀬さん」

うちの列の分を渡そうと声をかけると、俺に後頭部を向けていた黒瀬さんの肩がビクッとした。しかし、なかなかこちらを向いてくれない。

聞こえていなかったのかなと思って、彼女の肩を軽く叩いた。

「ひゃっ！」

すると、黒瀬さんは小さな叫び声を上げて、こちらを振り返る。

その顔は真っ赤で、痴漢にでもあったかのような混乱した形相で俺を見る。

「なっ、きゅ、急に触らないでよっ！」

「えっ、ご、ごめん」

「あんたなんか嫌いっ！」

「…………」

すっかり嫌われてしまったようだ。

まあそれもそうか……。昨日あんなふうに、説教みたいなことをしてしまったし……と思っていると。

提出物を出し終え、先生が次にお知らせプリントを配り始めて、教室がざわざわしている中で。

「……ねぇ」

今度は逆に黒瀬さんから話しかけられたので、驚いた。

「うん？」

なんだろう……と見ていると、黒瀬さんはちらちら俺を見て、耳朶を赤くする。

「……悪かったと、思ってる。昨日の夜……電話かけて、謝った」

「えっ？」

なんのことだ？　と一瞬考えてから。

「……もしかして、白河さんに？」

俺が尋ねると、黒瀬さんはこくんと頷いた。

「だから……」

消え入りそうな声で、黒瀬さんは続ける。

「わたしのこと、嫌いにならないでくれる……？」

恥ずかしそうに、赤い顔で目を伏せて言った黒瀬さんを。

「えっ……？」

ほんの一瞬、可愛いと思ってしまった。

「………」

なんでそんなこと訊く？　さっき俺に「嫌い」って言ったくせに……と謎に思って考え

込んだものの。

この子は、人に好かれることを目標に努力してきた子なんだ。昨日みたいなことがあって、俺に嫌われてしまったかもしれないと思ったら耐えられなかったのだろう。

そう理解して、納得した。

「大丈夫、嫌いじゃないよ」

俺が答えると、黒瀬さんは一瞬、こちらを見て泣きそうな顔になった。

それきり、彼女は何も喋らずに俺から顔を背け、正面に身体を向けて俯いてしまう。

「……え……？」

俺の受け答え、間違ってなかったよな？

けれども、いずれにしろこれ以上はもう、こちらからは何も言いようがない。

しばらく、黒瀬さんのことはそっとしておこう。

時間が経ったら、この気まずさも消えて、普通のクラスメイトとして接することができるようになるかもしれない。

そうなるといいなと思って、配られたプリントを鞄に入れて、帰りの支度を始めた。

◇

そのあと数日学校生活を送ってみてわかったのは、みんな思ったより他人のことなんか気にしてないってことだ。

ある日のこと。

休み時間になって、白河さんが俺の席にふらっと訪れた。

「おはよ、リュート！」

「お、おはよう……」

バレてしまったのだからいいだろうってことか。今まで学校でほとんど話したことがなかったから、他人の目が気になって緊張する。

「見て見て、ネイル。昨日自分でやったのー」

白河さんが校則違反のギラギラネイルを見せてくるが、俺は周囲の視線が気になって仕方ない。

だが、意外にもみんなの反応は薄かった。

確かに、遠くの方からこちらをちらちら気にして見ている人もいる。けれども、大多数のクラスメイトは、自分たちのことに夢中だった。

「……まあ、そうだよな」

俺は何を恐れていたのだろう。他人なんてそんなものだ。

「ほら、ちゃんと見てよー」

気が散っている俺の目の前に、白河さんがしつこく両手を差し出してくる。

「あ、ああ、ごめん」

それで、俺は改めて彼女を見た。

「かわいくない？　ねえ？」

白河さんの手は、女の子らしくほっそりしていて、指と爪が長めで綺麗(きれい)だ。

俺がもし百戦錬磨のチャラ男だったら、こんなときスマートに手を取って「ほんとだ、可愛いね」とか言えるんだろう。スキンシップだって簡単に達成だ。

けど、どう考えてもそれは俺のキャラじゃない。できる気もしないし、する気にもならない。

「……どしたの？　こーゆーネイル、嫌い？」

俺があまりにも険しい表情で白河さんの手を見つめていたから、白河さんも怪訝(けげん)な顔になってしまった。

「あーううん、いいと思う。似合ってる」

慌てて答えると、白河さんは花が咲いたような笑顔になる。

「よかった！　なかなかうまくできたでしょー？　ニコルにも褒められたんだ」

白河さんは自慢げに言い、それで満足したのか、イケてる女子グループの方へ帰っていった。

同時に、俺たちをちらちら見ていたクラスメイトの数人も、興味を失ったように視線を外した。

こうして、周囲からの風評は、恐れるほどのことではなかったのだけれども。

スキンシップ問題は、解決することなく俺の中にモヤモヤを残すことになった。

白河さんを大切にしたいという想い(おも)に変わりはない。だから、いきなりエッチがしたいとか、そんな大それたことは思っていない。いや、そりゃ……したくないわけじゃないけど。

ただ、もし白河さんが前よりも俺を好きになってくれているのなら、それに見合った触れ合いがしたい。

なんて遠回しに言っているけれども……。

ぶっちゃけて言えば、キスがしたい！

白河さんとキス……考えただけで鼻血が出そうだ。

したい……キスがしたい！

しかし、どうやってすればいいのか、まったくわからない！

一体どんな技を使えば、そんな展開に持ち込めるのか……恋愛ドラマだと、ふと目が合った二人が吸い込まれるように唇を重ねているけれども、そんな瞬間が待っていても訪れるとは思えない。

ここ数日そんなことばかり考えているから、夜もあまり眠れず、悶々（もんもん）としすぎて、ぶっ倒れそうだ。

こんな欲望を、白河さんに直接ぶつけるわけにはいかない。

かっこつけて「白河さんを大事にしたい」と言った手前、やっぱり身体目当てだったんだ、と思われるようなことはしたくない。

世の中のカップルは、どうして自然にスキンシップができるんだろう？　なんのきっかけで？　どんなふうに？

こんなとき、誰に相談したらいいんだろう。

そう思ったとき、俺にはやっぱり、あいつらしかいないのだった。

◇

昼休み、いつもの三人で弁当を食べていたときのことだった。

「……カッシー」

イッチーが、急に箸を置いた。

「え、どうしたんだよ」

一度食らいついたら空になるまで丼を離さないイッチーが、三度の飯より飯が好きなイッチーが、弁当の中身を半分以上残した状態で食事を中断するなんて。

そう思って見守っていると、イッチーは急に頭を下げた。

「すまなかった！　白河さんとのこと、信じてやれなくて」

潔く言って、肩を落とす。

「悔しくて、信じたくなかった。でも、この前の白河さんとお前を見てたら、信じてやらなくちゃと思った。俺たち、友達だもんな。お前ら、本当に付き合ってたんだな。よかったな。元はと言えば、俺がムリヤリ告らせたのに」

「イッチー……」

あの日から数日、ずっとそのことを気にかけてくれていたのか。

じんとしかけていると、隣のニッシーが腕組みをする。

「俺は謝らんぞ」

頑固親父の風格で言って、俺をひとにらみする。

「俺たちからどんなに邪険にされたところで、休みの日は白河さんとイチャイチャできるんだろ。爆発すればいいのに！」

「ニッシー……」

しかし、俺がもしニッシーの立場でも、こんな憎まれ口をきかないとは言い切れない。

イッチーがいいやつすぎるんだ。

だが、そんなイッチーが、そこで急にグッとこちらへ詰め寄ってきた。

「で、ヤッたのか？　さすがにもうヤッたよな？　一思いに言ってくれ！」

「え、なんだよ⁉」

目ぇ血走っちゃってるじゃん！　お前はいいやつなんじゃなかったのかよ⁉

「いや、それがさ……」

そこで俺は、二人に目下の悩みを話した。

「……なるほど。白河さんとキスがしたいが、どうすればいいのかわからない。だからまず手を繋ぐところから始めたいので、アイデアをくれ、と」

イッチーは、ぐったりと疲れ果てた様子で呟いた。

「それを、よりによって俺たちに相談するかね……」

ニッシーも、試合が終わって真っ白に燃え尽きたボクサーのようだ。

「ご、ごめん。でも、他に相談できる人がいなくて……」

焦って謝ると、二人は顔を見合わせて、ハァーとため息をつく。そして、覚悟を決めた面持ちで俺を見た。

「……しょうがない。俺たちの頭脳で、カッシーを男にしてやろうじゃないか」

「うむ。白河さんと手だけじゃなく、心もバッチリ繋げる作戦を考えようぜ」

お前ら……！

「ありがとう！　助かるよ」

とはいえ、二人の経験値も俺と大差ない。童貞が三人集まっても、ヤ●チンの知恵は出てこない。

「『俺、手相見れるんだよ』とかは？」

「純粋な嘘じゃんか。それで手見せられてもわかんないし」

「そんなのテキトーに言っとけばわかりゃしないだろ」

「白河さんに嘘はつきたくないんだよ」

「じゃあ『あー寒いなー！　手が冷たくて凍えそうだなー』とか言ってみるか？」

「遠回しでウザい！　ただの冷え性アピールだと思われる！」

「もう、ストレートに『手を繋ごう』は？」

「それが言えてたら相談してないんだよ……」

「あーだこーだうるさいやつだな」

しばらく思いつくまま話し合った結果、全員アイデアも尽きてしまった。

「あーもう知らん知らん！」

ニッシーが最初に投げ出し、イッチーも両手を上げて天を仰ぐ。

「ほんとだよ、やっぱ無理！　自分が女の子と手を繋げるわけでもないのによぉ」

やさぐれた顔で愚痴り、盛大にため息をつく。

「そこをなんとか……」

「いや、マジで無理。せいぜい勝手に悩んでくれ」

「さっきは一旦かっこつけたけど、こっちはずっと羨ま死寸前で血尿出そうなんだわ」

二人は憔悴（しょうすい）しきった表情で言って、俺から席を離そうとする。

「リア充はほっといて、ＫＥＮの新着動画でも見ようぜ」

そう言うニッシーの言葉を聞いたときだった。

「KENの動画……」

俺の中で、何かが閃くのを感じた。

「そうだよ、KENだ」

これなら俺でもできるかもしれない。

「ありがとう、二人とも！」

ぽかんとしている二人に礼を言って、俺は席を立った。静かな場所で考えをまとめたかったからだ。

行く当てもないのでトイレに向かいながら、俺は考えた。

KENのプレイングから、ヒントを思いついたのだ。

バトルロイヤル系のシューティングゲームで、KENはよく、敵プレイヤーを自分の思い通りの軌道に誘い出して、そこを攻撃する。元プロゲーマーなだけあって、狙いが非常に正確なので、障害物のない場所に敵をおびきよせられれば百発百中で当たるのだ。

それと同じことをすればいいのではないか？　つまり、自分から手を繋ごうとするのではなくて、白河さん自ら手を差し出してしまう状況を作るんだ。

けど、どうやって？

最初に思いついたのはお化け屋敷だったけれども、すぐに「ダメだ」と首を振る。

白河さんは、お化けの類は平気そうだ。ゆうべも海外のホラー映画を観ていたとLINEで言っていた。

そうなったら、もう物理的に攻めるしかない。つまり「足元が不安定な場所に連れていく」ということだ。

吊り橋なんかがベストだけど、近くにある気がしないし、デート場所として現実的じゃない。

道を塞ぐような大きな水たまりでもいいけど、どこにあるのか吊り橋よりもわからないし、さらに検索のしようもない。

そんなことをいろいろ考えていて、ついに俺は閃いた。

「池だ」

池でボートに乗ればいい。乗降のときに、絶好の足元不安定チャンスが訪れる。

何より、ボートならデートというシチュエーションにふさわしくて自然だ。

完璧だ。

「よっしゃ――――！」

男子トイレの個室で思わず叫んでしまった俺は、すぐに我に返って恥ずかしくなり、それから数分間は出られなかったのだった。

「ねー、リュート！　一緒に帰ろ～！」

その日の放課後、白河さんが俺のところへやってきた。

「えっ……!?」

戸惑う俺の顔を、白河さんは上目遣いにのぞき込んでくる。

「ダメ～？　付き合ってるのバレたんだし、これからは、たまにはよくない？」

「う、うん、いいけど……」

「じゃあ決まりっ！」

白河さんが上機嫌に言って、俺たちは一緒に下校することになった。

「山名（やまな）さんは？　一緒に帰らなくていいの？」

「ニコル、今日はバイトだから。夜に電話するからだいじょーぶ」

「バイトって、何やってるの？」

「居酒屋」

「ふーん。なんか、ぽいね」

「最初ファミレスに面接行ったら、ネイルと髪色がNGで萎えたんだって」

「そうなんだ」

「ニコルがバイトの日は、帰り遅いから、電話がつい深夜になっちゃうんだよね」

なるほど、休前日の深夜の長電話はそういうことだったのか。

「白河さんは、バイトとかしないの？」

「あたしはいいや〜。ニコルの話聞いてると、ヤバいお客さんにストレス溜まりそうだし。おばあちゃんが時々お小遣いくれて、それでなんとかなってるから」

「そっか」

そこで、白河さんが俺の顔をじっと見る。

「……え、もしかして、あたしもなんかバイトやってた方がいい？」

「いや、そういうわけじゃないけど……」

頭の中で、白河さんのバイト姿を、ちょっと想像してしまっただけだ。

「ケーキ屋の制服とか、白河さん、似合いそうだなって思って」

それを聞いて、白河さんは大きく目を開く。

「あ〜そっち？　てかケーキ屋って！　可愛い系が好きなんだね〜リュート」

「えっ、い、いや！」

からかうように言われ、急に恥ずかしくなって俺は焦る。

「べっ、別に好みとかそういうんじゃなくてっ！」

「フリルつきのエプロンとか？　メイド的な？　わっかりやすー！」

「ちっ、ちが……っ！」

「なるほどね～！　だからギャル服興味なかったんだー」

白河さんは、完全に面白がっている。

「そういうわけじゃっ……！」

「いいじゃんいいじゃん、そんな照れなくても」

「お、俺だけじゃないって！　男の夢なんだよ……！」

「おー、やっと白状した！」

大げさなリアクションで言って、白河さんはニンマリ笑う。

「そっかー、フフフ」

弱点を握ったかのようにつぶやく彼女から火照る顔を背け、俺は羞恥心で沈黙する。

白河さんに趣味がバレてしまって恥ずかしい。

でも、こうして他愛もないことを白河さんと言い合える……そういう時間が、彼氏彼女って感じがして嬉しい。

最近、白河さんと一緒にいても、前よりだいぶ緊張しなくなってきた。

人気者の白河さんと共通の話題なんてあるわけないと最初は思ったから、今こんなふうに話せているのが不思議だ。

見事にからかわれてしまったのは不本意だけど……と思い、この流れを変えられる話題を探す。

そしてふと、今朝の黒瀬さんのことを思い出した。

「そういえば……黒瀬さんが電話してきたんだって？」

俺の言葉に、白河さんは少し表情を硬くする。

「うん……謝ってくれたよ。あたしはもういいんだけどね。それより、海愛とまた仲良くできるといいな……」

「そうだね……」

そうなるためには、まだきっと時間がかかるのだろうけど……。

「早くそんな日が来るといいね」

それについては、心から本当にそう思った。

駅に着いて同じ電車に乗って、当然のように白河さんの最寄り駅で一緒に下車する。

「リュート、今日時間ある？」

白河さんに尋ねられて、俺は頷いた。

「うん」

だから家まで送るよ、と言おうとしたとき、白河さんが俺の腕を引っ張る。

「えっ……」

ドキッとする俺に、白河さんは可愛い顔で笑いかけた。

「じゃあ、ちょっと寄り道してこー！」

腕に触れられたのはほんの一瞬で、しかも制服のシャツの上からだったけど。

白河さんが触ってくれた……。

そう思うと、頰が燃えて、腕が熱くなって。

その後しばらく、心臓が騒がしく鳴っていた。


白河さんが俺を誘ったのは、駅の近くのショッピングビルだった。一階にはチェーン展開の飲食店、上の階には生活雑貨や服飾系のテナントが入った、よくある感じのビルだ。

白河さんは、その最上階の五階にある一角まで俺を連れてきて、足を止めた。

「ほら、ここー！」

彼女が指した先には、ショーケースのような一面のガラス壁がある。その中は、縦横それぞれいくつものブースに細かく仕切られ、中に動物が一、二匹ずつ入っていた。

「ペットショップか」

「うん！」

白河さんは目を輝かせて、猫のいるブースに走り寄る。

「かわいーよね〜！　マジ癒される〜！　うちもおばあちゃんがアレルギーじゃなかったら飼うんだけどな〜」

ショーケースには犬もいるが、白河さんは猫の前から動こうとしない。

「白河さんは、犬より猫派？」

「うん！　犬もかわいーと思うけどね〜！」

俺の質問に答えて、白河さんはまたガラスに張りつく。

「見て見て、この子かわいくない？　もうすぐいなくなっちゃうから、最近よく見に来てるんだ」

白河さんが指したのは、正面にいるグレーのマンチカン仔猫だった。値札の部分に「新しい家族が決まりました」というＰＯＰが貼ってある。

「ここ、よく来てるんだ？」

「うん、あたしのお気に入りの場所！　ルーティン？　的な？　だからリュートと来たかったんだ」

両手をガラスにつけたまま、白河さんが俺を見る。

「リュート、言ってくれたでしょ？『白河さんの好きなものを、俺も好きになりたい』って。あれ、なんか嬉しかったんだ〜」

「え……」

それは確か……俺がタピオカ屋を調べまくった誕生日デートのときの発言だ。

覚えててくれたんだ。

「だから、なんか……あたしの好きなもの、いっぱいリュートに教えたいって思っちゃって」

そう言って、白河さんはちょっと照れ臭そうに笑う。

俺が言ったことをちゃんと覚えてくれてただけでも嬉しいのに、そんなことを言ってくれるなんて。

感激で胸が熱くなる。

「ほらほら〜いい子だね〜」

ガラス越しに、派手なネイルの指先を猫じゃらしのようにクルクル回して猫をあやす白河さんは、いつにも増して可愛く見える。

なんとなくの偏見で「ギャル」と「動物」は親和性のあるイメージじゃなかったので、意外で新鮮だった。

「……白河さんって、もしかして動物好き？」

試しに訊いてみると、白河さんはこちらを見て頷く。

「うん。でも、やっぱ猫が好き！　でも、言われてみたら、動物みんな好きかもなぁ〜？　ライオンとか猫っぽいし？　あれ、トラだっけ？」

「じゃあさ……」

思いついた通りの話の流れにできたことにドキドキしながら、俺は言った。

「今度、動物園行かない？」

「え？」

白河さんは、一瞬驚いた顔をしたが。

「行くー！」

勢い込んで、そう答えた。

「え、動物園とか超なつかしいんだけど。中一のときの社会科見学ぶり？　なんか上がってきたー！」

目をキラキラさせて喜ぶ彼女を見ながら、俺は、思いがけず思い通りに事が運び始めたことに、心の中でガッツポーズをした。

白河さんを動物園に誘ったのには、思惑があった。

今度のデートで、俺は白河さんと手を繋ぐ。そろそろ、それくらいはしてもいい気がする。

そのためには、先に考えた計画通り、ボートに乗る必要がある。

直球でボートに乗ろうと誘うのもいいけど、地味過ぎてデートのメインイベントにはなりがたいため「なんでボート？」となる可能性大だし、とりあえず大きな公園に誘おうにも、白河さんがそういう自然派デートスポットに興味を示してくれるかもわからない。どうやって誘おうか考えあぐねていたところで、流れで動物園に誘うことができた。

このへんで動物園といったら、まず思いつくのは上野の動物園だ。

同じ上野公園の敷地内には大きな池があって、お金を払えば誰でもボートに乗ることができる。動物園に行ったあと、自然な流れで誘うことが可能だ。

完璧だ。

あとは当日、ボートに乗ろうとした白河さんがぐらついて俺につかまろうとするタイミングで、そっと手を取るだけだ。

　そう思っていたとき。

「ねー、リュートはさ、どんなものが好きなの？」

　猫を見終わって満足した様子の白河さんが、猫よりも愛らしい顔で俺に尋ねてきた。

「え？」

　なんのことだろうと見つめ返す俺から目を逸らし、白河さんは少しはにかんだ。

「あたしも、知りたくなってきたんだよ。リュートの好きなもの。……教えてくれない？」

　照れ臭そうに笑って、彼女は言った。

「リュートの好きなもの、あたしも好きになりたいんだ」

　え……？

「白河さん……」

　胸がじんわり熱くなって、愛おしさがこみ上げてくる。

　同時に、胸を張って人に言えるほど好きなものがない自分が、無性に恥ずかしくなった。

「リュートの好きなことって、何？」

「えっ……うーん……」

口籠もっていると、白河さんは不思議そうに尋ねてくる。

「リュートはさ、街に出ても特にしたいことはないって言ってたじゃん？　じゃあ、休みの日は何してるの？」

「いや……特に人に言えるようなことは何も……」

ゲーム実況動画を見ることが趣味なんて、いかにも陰キャっぽくて恥ずかしい。そう思っていると、白河さんの眉間に皺が寄る。

「じゃあ、言えないことしてるの？　悪いことしてるわけじゃないんでしょ？」

「えっ、も、もちろん」

慌てて答えると、白河さんは探るように俺の顔をのぞき込んでくる。

「じゃーいいじゃん？」

「でも……」

「わかった！　エッチなことだ？」

「ち、違うよ！」

焦った俺は、観念して白状した。

「……ゲームの実況動画を見るのが好きなんだ」

それを聞いて、白河さんは目を丸くする。

「ジッキョー動画？　ゲームをやるのとは違うの？」

「他の人がゲームをやってるところを撮影した動画だよ」

「それ、楽しいの？」

白河さんがきょとんとした顔で訊いてくる。バカにしているというより、本当によくわかっていないみたいだ。

「う、うん。自分よりうんと上手な人とか、喋りが面白い人のプレイを見てると楽しいよ」

「あーちょっとわかるかも！　ゲーセンですごい人がやってると見ちゃうもん。楽しいよね」

白河さんのコミュ力はさすがだ。全然自分のフィールドの話じゃないのに、あっという間に共感してくれた。単純な俺は、それだけで嬉しくなってしまう。

「そう、そういう感じなんだよ。上手くて喋りが上手な人だと、すごい面白くて、ずっと見ちゃって」

「へえ〜、そのジッキョー？　で、特に好きな人とかいるの？」

「うん、ＫＥＮって人なんだけど、元プロゲーマーでめちゃくちゃ上手いんだよ」

「うんうん」

白河さんが真剣に聞いてくれるので、何かのスイッチを押されたかのように言葉があふれ出てくる。

「KENがすごいのは、いろんなゲームが上手いことなんだよ。自分がプロゲーマーだったのはシューティング系のゲームなのに、建築ゲームとか、人狼ゲームみたいなゲームまで上手いんだ」

「ジンロー……？」

白河さんがぽかんとしているので、俺はすかさず説明する。

「人狼ゲームっていうのは、人のふりして人間の中にまぎれた人狼……ウソつきを探すゲームだよ。もともとはボードゲームなんだけど、プレイヤーには最初にランダムにカードが配られて、そこに自分の役職……人狼とか、人狼を探せる占い師とか、ただの村人とか書いてあるんだ。もし人狼になったら、そのことは他の人には内緒で、村人みたいに振舞わなきゃならない。人狼だと思われたら投票で票が集まって処刑されちゃうからね。で、KENがすごいのは、そのゲームのセオリーとか王道の攻略法に頼らないで、もちろんシステム的なルールには従うんだけど、それ以外はまったく自由な発想で、そのときそのときに一番いいと思うやり方を自分の頭で考えて、他人を説得しながらプレイしてくとこなんだよ。それってなかなかできることじゃないんだよ。自分で実際にプレイしてみるとわかるけど、やらなきゃいけないことで頭がいっぱいになって、戦略にまで気が回らないっていうか。あ、やるべきことっていうのは、人狼だったら嘘をつくことだったりするんだけど、罪悪感もあるし、なかなか……」

　そこで、はっと気がついた。一人で喋りすぎてしまった。タピオカ屋のときと同じだ。あのときの反省を思い出して、若干早めに切り上げられたのがせめてもの救いだ。

「あ、ごめん……よくわからないよね？」

「うーん」

　白河さんは曖昧な笑みを浮かべる。

「実際に見てみたいな、リュートが見てるジッキョー動画。そしたらわかるかも。見せてくれる？」

「も……もちろん！」

　そこで俺たちはペットショップを離れ、館内の休憩用ベンチに座ってKENの動画を見始めた。

「わっ、すごいすごい！　これ、今話してる人が撃ってるの？」

「そうそう」

「めっちゃ当たるじゃん！　このゲームおもしろそー」

「それが、実際やってみるとなかなか上手くいかないんだよ」

「そうなの？　簡単そうに見えるけど」

「だからKENはすごいんだよ」

「そうなんだー！」

そんな話をしながら、俺はいろいろ考えて初見の人が見ても面白そうなKENの動画を何本か選び、白河さんと一緒に閲覧した。


そして、そのあとで白河さんを家へ送りにいっているときのことだった。

「リュートって物知りなんだねー」

道すがら、白河さんがふと言った。

「さっきの動画の人、いろんな用語言ってたじゃん？　あれ全部覚えてるんでしょ？」

「うん、まあ……でも、そんなに難しい用語じゃないんだよ。『チーター』はチート……つまりズルをするプレイヤーのことだし、『ゴースティング』とかは、そのチート行為の種類だし」

「ふうん……？　でも、あたしには難しかったなぁ。リュートはすごいよ」

「ありがとう。でも、興味があることだから覚えられたんだよ。白河さんだって、ファッション用語とかすごい知ってるじゃん。あの、いつも着てる肩の空いた服とか……」

「あー『オフショル』？」

「それに、あの、ジャムみたいなベタベタする口紅のこと……」

「『ティントリップ』のこと？」

「そうそう。買い物行ったとき説明してくれたけど、俺全然覚えられなかったもん。それは俺が女性のファッションに興味を持てないからだと思うし……いくら付き合ってても、相手の趣味で興味が持てないものはあっていいんじゃないかな、お互い」

「えー？」

　だが、白河さんは不本意そうな声を上げる。

「でもさ、リュートはあたしに歩み寄ってくれたじゃん？　タピオカ屋さんのこと、あたしより詳しく調べてくれたし」

「それは、タピオカドリンクが美味しかったからだよ。不味いと思ってたら、あんなに調べる気起きなかったし」

「でもさ、だから、あたしも何かちょっとくらい歩み寄りたいんだよ。リュートの好きなもの、あたしも理解したい」

　頰を膨らませて言う白河さんに、俺は乙女みたいに胸がきゅんとしてしまう。

「ありがとう……」

あの白河さんにこんなことを言ってもらえるなんて、俺は世界一の幸せ者だ。

「その気持ちだけで充分だよ。白河さんが俺の好きな動画を一緒に見てくれただけで、すごく嬉しかった」

目が合った白河さんは、俺の微笑につられたように微笑(ほほえ)んだものの。

「んー……」

その後も家に着くまで、なんとなく浮かない顔をしていた。

◇

そして次の日。

「リュートー!」

朝、教室に入ると、すでに登校していた白河さんが、俺のところへ飛んできた。

「どうしたの?」

「ね、KENの『浮気(うわき)シリーズ』って動画見た? あれめっちゃ面白いんだけど! 先が気になって、三時過ぎまで見ちゃった〜!」

「えっ……」

KENは動画だけで生計を立てているプロのYouTuberなので、リスク分散のためにいろいろな種類の動画を投稿している。白河さんの言う「浮気シリーズ」は、怪しい行動を取る彼女に浮気の証拠を集めて突きつける、恋愛系のノベルゲームの実況動画だ。確かに、俺も一時期それなりに楽しく見ていた。

「あれ、だいぶ昔に投稿された動画だよ。よく見つけたね」

驚いて言うと、白河さんは自慢げに微笑む。

「あたしでもわかりそうなゲーム、遡って探したの。大変だったよ～！　KEN、動画撮りすぎ！」

「そりゃ、一日四、五本上げるから」

「うわ～それもう仕事じゃん！」

「仕事なんだよ」

笑いながら言う俺に、白河さんも「そっか」と笑う。

「いいな～！　いい人生だね。あたしも好きなコスメのこと語るユーチューバーとかなりたいなぁ」

「白河さんなら、ほんとにできそうだね」

「とか言って、再生数ゼロだったりして～」

「大丈夫、俺が見るから、千くらいは行くよ」

「えっ、めっちゃ見てくれるじゃん、リュート」

うれしー！　と笑う白河さんを見ながら、俺の方こそ嬉しくて、胸がじんと熱くなってくるのを感じた。感極まって涙が出る寸前の気持ちだ。

白河さんが、KENの膨大な動画の中から、自分好みのゲーム実況動画を見つけて、ハマってくれた。「浮気シリーズ」はもう投稿されていないから、数日中に白河さんのKENブームは終わってしまうだろう。

けれども、こうして白河さんとKENについて話す機会を持てたことが、夢みたいに嬉しい。

どうしよう。

日ごとに白河さんを好きになっていく。

同時に、彼女に触れたい思いに駆られて、胸苦しくなって。

週末のデートが待ち遠しいと、心から思った。

◇

そうして次の日曜日、俺は白河さんと動物園に出かけた。

「えーヤバ！　フクロウ首グロっ！　折れてない⁉」

入口付近のフクロウの首が百八十度以上回転するのを見て、いきなり大興奮する白河さん。

「パンダ見よー！　パンダ！　うわ〜！　なんかめっちゃ人気っぽいじゃん！」

パンダの行列を見て大騒ぎをして。

「……パンダ、なんか薄汚れてたね〜。てかデカくない？　赤ちゃんじゃなかったんだ……」

実際見たパンダが予想と違っていて、ちょっとテンションが下がったり。

「わ〜トラかわいー！　ねえ、やっぱ猫に似てない⁉　てか、あの柄めっちゃいいじゃん！　あーゆーワンピ着たいかもー！」

ベンガルトラの檻（おり）に張りついて、独特の感想を述べたり。

「あーやっぱ今日アニマル柄着てくればよかったー！　仲間と思われて仲良くなれたかも

ー！　秋だったら着れたのにぃ〜」

残念そうに自身の服装を省みたりしていた。

今日の白河さんのファッションも、いつもと同様、ギャル全開だった。お決まりの肩あきトップスに、激しめのダメージが入ったデニムのショートパンツ、肩紐を長く垂らした合皮のリュック。足元はやっぱりヒールだけれども、デニムやリュックのおかげで全体の印象はカジュアルダウンされているから、彼女なりに動物園というTPOを考えたのかもしれない。

そうして動物を見て回ること、一時間ちょっと。次第にお腹が空いてきた。

今日は十一時にA駅で待ち合わせをして、今は午後一時過ぎだ。日曜日で人が多いのもあって、食事ができる場所はまだまだランチ客で混んでいる。

「白河さんは何食べたい？　エリアによって、売ってるフードメニューが違うみたいだけど……」

俺が尋ねると、白河さんは「えっ？」と目を逸らした。

「ん？」

白河さんは再び俺を見て、また目を伏せる。

「どうしたの？　まだお腹空いてない？」

「ううん……」

　白河さんは歯切れ悪く答え、気まずそうに身を縮めて無言でモジモジしている。彼女らしくない反応に、頭の中にひたすらクエスチョンマークが積み上がっていく。

「えっと……じゃあ、まだ動物見て回る？　もう東園は大方見たから、西園に……」

「あの……あのあのねっ！」

　そこで、白河さんがようやく言葉を発した。その顔はほんのり赤らんでいる。

「うん？　何？」

　俺が訊くと、白河さんはさらに赤くなり、おずおずと口を開いた。

「あの……出すかどうかめっっっっちゃ迷ったんだけど、せっかく早起きして頑張ったし、ちょっとだけでも……てもらえたらと思って」

「え？」

「だからっ！」

　そう言うと、白河さんはヤケになったみたいに背負っていたリュックを下ろし、中から何かを取り出した。

「これっ！　お弁当、作ったのっ！」

「えっ……ええっ⁉」

何が起こったのかわからない。

お弁当⁉

白河さんが⁉

差し出されたものを見ると、確かにそれはお弁当箱だった。白いプラスチックの無機質な箱は、あまり白河さんっぽくないシンプルさだ。ご家族のを借りたのだろうか。

「白河さんが作ったの⁉　お弁当を⁉」

あまりの衝撃で、思わず大声で尋ね返してしまった。

「うん……」

白河さんは消え入りそうな声で答え、頬を紅潮させて俯（うつむ）いている。

「リュート、ケーキ屋さんでバイトとか言ってるし、そういうベタなの好きそうだからさ……。あたし、料理とかしたことないし、やめよっかなと思ったけど……リュートが喜んでくれるかもって思ったら、なんか……作りたくなっちゃって」

「白河さん……」

俺は改めて白河さんを見つめた。

明るい茶色のロング巻き髪も、長く伸ばしたギラギラなネイルも、家庭的なイメージとは真逆だ。この様子だと、実際料理は得意ではないのだろう。

そんな白河さんが、俺のためにお弁当を作ってくれたなんて……。

幸せすぎて怖くなる。

「いっ、いらないならいいんだよ⁉　全然あたしが食べるしっ！」

差し出されたお弁当をなかなか受け取らずにいたら、白河さんが泣きべそをかいてしまった。赤らんだ顔のまま眉を八の字にして、お弁当箱を下げようとする。

「いや、いるっ！　ありがとう、白河さん」

慌てて言って、お弁当箱を受け取った。

昼食を買う必要がなくなったので、俺たちは近くの休憩所でお弁当を食べることにした。屋外だがちょっとした屋根があって、簡易的な椅子とテーブルがたくさん置かれている場所だ。

「マジで、期待しないでね……？　あたし、一人でお弁当とか作ったの生まれて初めてだし」

白河さんが恥ずかしそうに言ってくるが、言われれば言われるほど期待値が爆上がりして逆効果だ。っていうか、どんな弁当だって正直かまわない。

白河さんが初めて作ったお弁当……元カレの誰も食べられなかったお弁当を、俺は今、食べる権利を得たのだ。

ドキドキしすぎて、蓋を取る手が震える。

「いただきまーす……」

厳かな気持ちで蓋を開け、いざご対面。

姿を現した、お弁当の全貌は。

「おぉ……？」

それはオムライスだった。一面が黄色の薄焼き玉子に包まれているので、間違いない。

ただ、その黄色は何箇所か破れて、下の赤いチキンライスが見えていたり、ところどころ焦げて茶色になっていたりする。付け合わせのブロッコリーとミニトマトが、偏ったオムライスの圧を受けて、隅で苦しげに潰れていた。

黒コゲのコロッケみたいなわかりやすいメシマズ弁当ではなくて、慣れていない人間があたふたしながら精一杯作った、リアルなちょいヘタ弁当だった。

そのけなげさに、白河さんへの愛しさが天元突破しそうでヤバい。

「えっ、ウソ⁉　めっちゃ片寄ってる！　え～……作ったときはもうちょっとマシだったんだよ⁉」

中身の状況を見て、白河さんはうろたえている。

「だいじょぶだよ、いただきます」

そう言って、オムライスにスプーンを入れようとしたときだった。

スマホが不規則に二回震え、気になったのでポケットから取り出して画面を見る。

ニコル
弁当ちゃんと食った？
残したらしばくよ

「ヒッ……！」

山名さんからのLINEだった。

「どしたの？」

俺の顔がこわばったのを見て、白河さんが何気なく画面をのぞく。

「あ！　ニコルじゃん、これ」

目を見開いて、表示されていたポップアップを見つめた。

「山名さんに、お弁当のこと話したの？」

「っていうか、今朝、鬼電して起こしてもらった。お弁当作るのに、絶対早起きしたかったから……。うちの親、土日ずっと寝てるし、おばあちゃんはフラダンス友達と旅行中だから」

「え、目覚まし時計とかアラームは？」

「そんなので起きるのムリじゃない？　一瞬で止めて、また寝ちゃうんだけど。ニコルなら、あたしが目覚ますまで話しかけてくれるから」

「………」

白河さんは本当にすごい。俺だったら、起床という超絶個人的なことに他人を巻き込むくらいなら、目覚まし時計を腹にダイナマイトのように巻きつけて寝る方を選ぶ。

「山名さんって朝強いの？」

「んーん。昨日は遅くまでバイトだったから、『めんどくさー！　知らねーよ！』ってめっちゃ怒られた」

なるほど……。その怒りが、このLINEのメッセージに繋がったわけか。

「ってか、ニコルとLINEやってたんだねー」

白河さんは目をぱちくりしながら言った。

あ、この前と一緒だ、と思った。

ファストフードで山名さんと一緒にいたことについて訊かれたときと同じ、少しモヤッとした顔。

「ああ……あの、誕生日のこと聞いた日に、山名さんが教えてくれたんだ。白河さんのことで何か訊きたかったらLINEしてって。そのとき以来だよ、メッセージ来たの」

なんとなく言い訳っぽくなってしまったが、白河さんがやきもちを妬いているとも思えないので、中途半端なトーンになる。

「ふーん、そっか！」

案の定、白河さんはすぐに元の調子に戻る。

かと思うと、俯いてボソッと呟いた。

「やっぱあたし、自分で思ってるよりリュートのこと好きなのかも……」

「何？」

「んーん、なんでもない！」

そして、ようやく俺はお弁当を食べ始めた。

肝心の味の方は、覚悟していたほど危険なものではなかった。

「うん、美味しい！」

と言っても嘘にはならないくらいの、家庭で作るものとしてはごく普通のオムライスの味だった。

というか、たとえ砂糖と塩を間違えたレベルの激マズ弁当だって、俺にとっては三つ星レストラン級のありがたさだ。

あの憧れの白河さんの、手作り弁当なんだから。

「ほんと⁉　やったぁー！」

白河さんは、小さい子どものように無邪気に喜ぶ。

「初めて作ったのに、あたし天才かも！　将来シェフになろっかな〜」

「あれ、ユーチユーバーじゃなかったの？」

「うーん、なりたいものいっぱいで悩むなー！」

今日の白河さんは、よく笑う。もともと明るい子だったけれども、最初の頃より、二人でいるときの笑顔が増えた。

俺のこと、前よりは好きになってくれているのだろうか？

だとしたら、ほんのちょっとのスキンシップくらい、許される……？

白河さんを可愛く思うたびに、彼女に触れたくなってしまって困る。最初は一緒にいるだけで幸せだったのに、俺はいつの間にか欲深くなってしまったみたいだ。

◇

昼食のあと、さらに一時間ほど動物を見て歩き、園内を一周し終えた俺たちは動物園を後にした。

いよいよだ。

本日の最大の目的、「白河さんとボートに乗り、足元が不安定な乗り降りの際、思わずこちらに差し出された手を取る」ミッションの開始だ。

それには、白河さんをうまくボートに誘わなくてはならない。

内心のドキドキを押し隠し、俺は白河さんと並んで、動物園の外の道を歩いていた。

動物園の西園は上野公園の不忍池（しのばずのいけ）と隣接していて、門を出ると必然的に池沿いを歩くことになる。

「おっきい池だね～！」

池の方を見て、白河さんが声を上げた。

「ほんとだね」

天気のいい日だったので、陽（ひ）が傾いた三時前でも、たくさんのボートが出ていた。目につくのはスワンボートが多いが、普通のボートもあることは事前に確認済みだ。

「あ！」

そこで、白河さんが池の方を指差した。

「ボートあるんだ！　気持ちよさそー！」

「……乗ってみる？」

あまりにもいいパスが来たので、緊張して、少し声が上ずってしまった。

「うん、乗る乗るー！」

白河さんは二つ返事でノリノリだ。その目は嬉しそうに輝いている。

「ボートとか小学生以来かも！　漕げるかな⁉」

「いや、俺が漕ぐよ」

「え、でも乗ってる全員で漕ぐんでしょ？」

「それじゃカヌーだよ！」

「え〜⁉」

白河さんの天然トークに笑いながら、俺たちはボートがずらりと繫留されている桟橋へ向かった。

どうやら券売機でチケットを買って、桟橋の先にある乗り場へ向かうシステムらしい。

「あーでもボート暑そうじゃない？」

白河さんがそう言うので、普通のボートはやめて、屋根のあるサイクルボートのチケットを買った。自転車のペダルのようなものを回して進む足漕ぎボートで、スワンボートから、スワンの船首を取ったバージョンと言ってもいい。

「三十分乗れるの？　楽しそー！」

白河さんは声を弾ませて、係員に案内されたボートへ向かう。

「足元気をつけて……」

推定十センチヒールの靴で、彼女はボートに乗り込もうとする。

「わっ……！」

その足元がぐらついて、今だ、と手を差し伸べようとしたとき。

「わー！　めっちゃいい景色！」

白河さんはすぐにバランスを取り戻し、気がつけばボートに無事乗り込んでいた。

「……ああ、そうだね……」

おそらく今の敗因は、白河さんを先に乗船させてしまったことだ。足元がぐらついた人間は、通常自分の身体（からだ）の前方に手を出すものであり、もし俺が先に船に乗っていたら、自然な形で支えることができたかもしれない。

「…………」

落ち着け。降りるときにもチャンスはある。

そう自分に言い聞かせて、冷静さを保った。

「どしたの、リュート？」

漕ぎ出してからすぐ白河さんに話しかけられて、俺は「えっ？」と隣を見た。

「何が？」

ボートの中は狭い。肩が触れ合うほどの距離にいる彼女の、美少女すぎる顔を見たら、余計にドキドキして発汗してきた。

こんな可愛い子と、手を繋ごうとしているのか、俺は。

……本当にイケるのか？

でも、手を繋ぐことすら拒否されるのなら、この先、彼女が俺に「エッチしたい」と言ってくれる望みはかなり薄いと思った方がいい。

そんなことを考えて、ますます緊張してしまう。

「なんかぼんやりしてるから。疲れた？」

「えっ、ううん……」

変だと思われるから、正直に言おうか。このあと手を繋ごうと画策している件については、秘密だけど。

「……白河さんを見てたら、可愛すぎるから、ついぽーっとして……」

恥ずかしさを噛み殺して言った俺を、白河さんが「えっ」と見つめる。その頬がたちまち紅潮した。

「ばか」

照れ臭そうに眉根を寄せた表情がまた可愛くて、写真に撮れたらよかったのにと思う。

「あ!」

そのとき、白河さんがリュックのポケットからスマホを出した。

「写真撮ろー!」

「えっ⁉ う、うん」

心を読まれていたのかとドキッとする。

ギャルといえば自撮りをしまくるイメージだが、白河さんはそれほど写真魔ではない。一緒にいるときは自撮りもほとんどしないので、これまでデート中に二人で撮ったことはなかった。

「あっ、いい感じー」

白河さんは写真アプリの内側カメラを起動させて、画角を確認する。

「もちょっと寄って」

と言いながら、白河さんは俺に身を寄せた。長い巻き髪から、フローラルだかフルーティだかな香りがふわっと立ち上り、鼻腔（びこう）をくすぐる。いつもつけている大人っぽい香水と混じって、なんとも言えない女性らしい匂いが漂った。

「ほら、カメラ見てよー！」

緊張して全然違う方を見ている俺に、白河さんが笑って言う。

「はい、行くよー」

そのとき、白河さんが俺の肩に、ちょこんと頭を乗っけてきた。

「……⁉」

次の瞬間、シャッターボタンが押される。

「あ、いい感じ！」

白河さんが見せてくれた画面には、驚きで硬直する寸前の俺の顔が写っていた。

「これ、ロック画面にする？」

白河さんは上目遣いに俺を見て、いたずらっぽく笑う。

「ええ……いや、ちょっと……さすがに恥ず……」

赤面してしどろもどろに言うと、白河さんは「だよね〜」と笑った。

「じゃあ、ホーム画面の背景にしようかな」

彼女はそう言うと「設定」を押して、ささっと操作する。

「あ、よくない？」

二人の写真の上にアプリのアイコンが並ぶ画面を見せられて、再び恥ずかしさに襲われる。

「リュートもやろーよ？」

甘えるように言われて、ドキドキしながら「わかった」と答える。LINEで送られてきた画像を壁紙に設定して見せると、白河さんは嬉しそうに笑った。

「ふふ、またオソロが増えたね」

その笑顔がまぶしいのは、池の水面に反射した午後の日光のせいだけではない。

狭いボートの空間の中、普段より間近に白河さんを感じ……いつまでもここにいられればいいのにと、そう思った。

けれども時間は無情に流れ、あっという間に三十分が経った。

後ろ髪を引かれながら桟橋に戻って、ボートを停めた。先にボートを降りた俺は、白河さんが立ち上がって降りるのを待つ。

そう。

今度こそ、手を繋ぐために。

「んっと！」

ところが、白河さんは軽やかな身のこなしで立ち上がり、足元がぐらつく様子もなく地上に降り立ってしまった。

「…………」

乗船のときとは逆で、下船は、不安定な場から安定した場所へ降り立つ行為だ。バランス感覚が良ければ、助けはいらなかったのかもしれない。

計画、失敗。

「ボート、けっこー楽しかったね！　気持ちよかった～」

「そうだね……」

白河さんは上機嫌だが、俺は敗残兵の気分でうちひしがれている。

「これからどうする？」

「そうだね……」

「帰る？」

「うーんと……いや」

時刻はまだ四時前だ。諦めのつかない俺は、曖昧に首を振った。

願わくはもう一度ボートに乗ってやり直したかったけれども、それを言い出して変に思われたらという不安がある。

「少し歩かない？」

悩んだ末に絞り出した提案が、それだった。

俺の顔が、よほど思い詰めていたからだろうか。

その瞬間、白河さんの顔つきが変わった。

「……わかった」

その整った顔から笑みが引いて、ほんの少し緊張した面持ちになる。

それからしばらく、俺たちは無言で池のほとりの道を歩いた。

白河さんのことが好きだ。

彼女も、俺のことを好きでいてくれると思う。だって、こんなによくしてくれるし、付き合い続けていてくれるんだから。

でも、まだ彼女に「エッチしたい」とは言われていない。

それを考えると、臆病になる。ストレートに「手を繋ごう」なんて、とても言えない。

だけど、触れたい。

俺にとって、女の子を「好き」と思うことは、触れたい衝動とイコールだ。

でも、白河さんの「好き」は、どうやらそうとは限らないらしい。そこが理解できなくて、苦しい。

傷つけたくないけど、いよいよ辛くなってきた。好きな気持ちが大きくなってきたから。

それでも、元カレたちみたいに、エッチを「ギム」だと思わせるような彼氏にはなりたくない。だから、スキンシップにも慎重になる。

だって、白河さんは、思いやりのある子だから。俺の欲望に気づいたら、自分の気持ちを二の次にして、なんでも許してくれると思うから。

「……ねえ、リュート」

そんなことを考えていたとき、ふと隣の白河さんが立ち止まった。

「ん？」

我に返る俺に、白河さんは真剣なまなざしを向けてくる。

「言いたいことあるなら、言って」

「え……」

気づかれてしまったのだろうか。俺の下心に。

でも、これをそのまま言うわけには……と思っていると、白河さんは険しい顔つきで口を開いた。

「あたし、わかるの、そういうの。……みんな、普通にデートしてるときに、こういう感じになって、言い出すから」

「え？」

なんの話だ、と眉をひそめる。すると、白河さんの表情に悲痛さが加わった。

「しょーみ、あたしは別れたくない。リュートとはもっと仲良くなりたいと思ってたし……好きだった。あたし、頭悪いから伝わってなかったかもしれないけど……どんどん好きになってたんだよ？」

「え、ちょっと待って、なんの話？」

どうやら、俺が思っていたことと、白河さんが言っていることは違うらしい。それに気づいて、彼女の言葉を止めた。

「え？」

白河さんは面食らっている。

「あたしと別れたいって話じゃなかったの？」

「ええっ⁉　全然違うよ！」

一ミリも思っていないことを言われて、盛大に焦りまくる。

「な、なんでそんなこと……⁉」

「だって、難しい顔して、黙って目的もなく歩いてるし」

「えっ⁉　や、それはその……」

そこで、さっきの彼女の言葉を思い出した。

――あたし、わかるの、そういうの。……みんな、普通にデートしてるときに、こういう感じになって、言い出すから。

ああ、そうなのか。

元カレたちに、今までそんなふうに別れを切り出されてきたのか。

誰かに関係を絶たれるのは、辛いことだ。俺は黒瀬さんに告白して断られただけでも、トラウマになるほど傷ついた。告白を受け入れてもらえなかっただけなのに、自分を丸ごと否定された気がしてしまって。

それより辛い経験を……一度は自分を受け入れてくれて、心を許すことができた存在から、急に突き放されるという経験を、白河さんはもう何度もしているんだ。

先回りして俺に話を促したのは、少しでも傷が浅く済むため……これ以上傷つきたくない、彼女の防衛本能がさせたことなのかもしれない。

「俺、白河さんと別れる気なんて全然ないよ」

俺は元カレたちとは違う。

そんなこと、今はまったく……万が一にも考えたくもないけど。

もし、いつか、この恋が終わるときが来るとしたって。

それは絶対に、俺からじゃない。

「俺が今考えてたのは……」

さっきから俺が考えあぐねていたことなんて、彼女の傷を考えたら、取るに足りない些細な問題に思えた。

「もう一回ボートに乗りたい……ってことだよ」

俺の言葉に、白河さんは呆気にとられた顔になる。

「……え、ボート？　そんなこと？」

「うん。さっき乗ったばっかりなのに変かなって思って」

俺が頷くと、白河さんの顔に笑みが戻る。

「そんなにボート好きなの？　しょうがないな〜、も一度乗ろっか！　確かに気持ちよかったもんね〜！」

その屈託のない笑顔を見ていたら、改めて彼女への愛しさがこみ上げてきた。

……決めた。

作戦変更。

白河さんの方から手を出してくれるのを待つのはやめにしよう。

勇気を出して、俺の方から手を差し出す。

俺は君に触れたいんだ。もしいやな顔をされたなら、潔く謝って、機が熟すのを待とう。

それでいい。

そうしてボート乗り場に戻ると、白河さんは券売機の前で俺に言った。

「どうせなら、今度は普通のボートに乗ってみたくない？」

「いいけど、日差しは大丈夫？」

「うん、さっきよりか太陽沈んだし」

それで手漕ぎボートの券を買って、桟橋へ向かう。

手漕ぎボートは、構造上、さっきのサイクルボートより不安定で心もとない。

先にボートに乗った俺は、桟橋に立つ白河さんに向かって手を差し出す。

「よかったら、つかまって」

なけなしの勇気を振り絞り過ぎて、彼女の目を見られなかった。

「………」

一瞬の間があり、不安になって視線を上げる。

そこにあった白河さんの顔には、驚きと恥じらいが表れていた。

「え、ありがと……」

白河さんは、綺麗な手をおずおずと差し出す。俺の手に、やわらかく、しっとりした感触のあたたかい肌が触れる。

それをそっと握ると、胸がじんわり熱くなった。

俺の手を取って、白河さんがボートに乗り込んでくる。

「……優しいじゃん、リュート」

小さな声でそう言った白河さんの瞳は、心なしか潤んでいるように見えた。

でも、そうして手を握ったのは、ほんの一瞬。

どちらともなく手を離した俺たちは、ボートに向かい合って座った。

初めてのスキンシップの余韻に浸る間もなく、無骨なオールを握ることになってしまったけど、漕がなければ離岸できないのでしょうがない。

ボートを漕ぎ始めてから、俺たちはしばらく無言だった。

それは心地いい沈黙だった。

池のほとりには公園の緑が萌えていて、その向こうには高層ビルが見える。水は濁っていて魚は見えないけど、向こうの方では鴨が連れ立って泳いでいた。

そんな周囲の光景を眺めながら、満ち足りた気持ちでオールを漕いでいた。

「……やっぱ、こっちのボートにしてよかったかも」

しばらくして、白河さんがポツリと呟いた。

「ん？」

どういう意味かと見ると、白河さんは俺に笑いかける。

「リュートと手繋げたから」

その頬はほんのり赤く染まっていた。

「えっ……」

「リュートと手繋ぎたいなって、最近ずっと思ってたんだ。だから、いつもより近づいてみたりしてたんだけど、気づかなかった？」

そう言われて、思い出した。一緒に帰っているとき、急に腕を取られたこと。サイクルボート内での自撮りで、肩に頭を乗せられたこと。

あれは、そういうサインだったのか。

「悪いかなと思って、はっきり言えなかったんだ。まだ自分からエッチしたいとは思えないのに、手は繋ぎたいなんて、勝手だよね。だって、男子は一度触れたら最後までしたいと思っちゃうでしょ？」

「えっ、いや、そんな……」

いくら童貞の俺でも、手を繋いだだけで歯止めが利かなくなるほどの性欲モンスターではない。こういう白河さんの、男に対する理解と誤解が同居した感じが、可愛いけど危なっかしい。

俺が守ってあげなければ、という使命感が湧いてくる。

「……俺も、白河さんと手繋ぎたいと思ってた」

正直に白状すると、白河さんは顎を撥ね上げてこちらを見た。

「マ？」

「うん」

俺が頷くと、その顔が微笑みで彩られる。

「ふーん、そっか……」

それは、何か企(たくら)んでいるかのような微笑だった。

すると、彼女は急に立ち上がった。

「白河さん？　危な……」

何かと思っていると、彼女はそのまま中腰でボートの船体に手をかけ、勢いよく左右に揺らす。

「えっ⁉」

ボートが大きく揺れ、水面から飛沫(しぶき)が立って船内に飛び込んできた。

「ど、どうした⁉　危ないからやめなって……」

そのときだった。

白河さんが急にこちらに身を寄せてきて、可愛い顔が間近に迫ってきた。

身構える間もなく、唇にやわらかくてあたたかいものが触れる。


キスをした。


その事実に気づいたときには、唇はすでに離れていた。

「スキありっ！」

再び着席してから、白河さんはそう言って笑った。

「…………」

俺は漕ぐのも忘れて、魂が抜けたように放心状態だ。

白河さんとキス……。

その言葉だけが脳裏を駆け巡っている。

手を繋いだだけでも一大事だったのに、キスまでしてしまったなんて。

信じられない。

胸が熱くなって、頭の中が白河さんでいっぱいになる。

ああ、本当にもう、白河さんのことが大好きだ。

「……あたしたち、同じこと考えてたってことだよね？」

そんな俺に、白河さんは照れ臭そうに笑いかける。

「あたし、リュートともっと近づきたい。リュートを好きになりたい。リュートと……」

伏し目がちに言ってから、彼女は再び俺を見た。

「『本物の好き』同士になりたいんだ」

そう言われて、はっとした。付き合い始めた日の会話を思い出した。

白河さんが、そんなふうに思ってくれていたなんて……。

感慨に耽（ふけ）っていると、白河さんは火照（ほて）った頰を両手であおぎながら、俺を見る。

「もーさ、自分からキスするのとか初なんですけど。はっず！」

怒ったように尖（とが）らせた唇が可愛い。

それから目を見合わせて、俺たちは小さく笑った。

栈橋に着いてボートを降りるとき、俺は再び白河さんに手を差し出した。

「どうぞ」

「ありがと」

白河さんは、はにかんで手を取る。

彼女が栈橋に上がったので手を離そうとしたら、繋いだ手にぎゅっと力を込められた。

「し、白河さん……？」

ドキッとして見ると、白河さんは茶目っ気のある笑みを浮かべた。

「も少し、こうしていよ？」

「えっ……う、うん」

それで俺たちは、手を繋いで公園内を歩き始めた。

「ってかさ、その『白河さん』っていうの、いーかげんやめない？」

「え!?」

急な提案に、俺は白河さんを見る。

「じゃあ、なんて呼べば……？」

すると、彼女はちょっと拗（す）ねたような顔をした。

「あたし、月愛（るな）っていうんだけど？」

「あ……」

そ、そういうことか……。

「いや、えっと、じゃあ……」

女子の名前を「○○さん」以外で呼んだことがないので、心の準備をするのに時間がかかってしまう。

まさか、あの白河さんを、名前で、しかも呼び捨てで呼ぶことになる日が来るなんて。

「るっ、るるる……」

ヤバい、まただ。

告白のときと同じ現象が起きてしまい、焦(あせ)りまくる。

「るーるる……」

決してキツネを呼んでいるわけじゃない。白河さんが噴き出したりせず待っていてくれてるのが救いだ。

「……月愛……」

ようやく、ちゃんと言うことができた。初めて呼んだ白河さんの名前は、自分の声なのに自分の言葉じゃないような、変な感じがした。

「なーに？」

白河さんは、わざと大げさに反応して背をかがめ、上目遣いに俺の顔をのぞく。

「えっ、いや」

用事があって呼んだわけではないので戸惑う。

「つ、疲れてない？　白河さん。どっか座る？」

「だいじょーぶ。今ボートで座ってたし」

「あ……」

そうだった。

「てか、また『白河さん』に戻ってるし」

「あっ、ごめ……！」

全然ダメだ、俺……。

そう思ってヘコみかけていると、白河さんはふふっと笑った。

「いいよ。自然に呼べるようになるまで、待ってる」

そして、俺を安心させるように、ぎゅっと手を握ってくれた。

「白河さん……」

本当に素敵な女の子だ。

こんな魅力的な彼女に、早く釣り合う男になりたい……。

「……リュート、手冷たいね」

じんとしている俺に、白河さんがふとそう言った。

「マジ？　ご、ごめん、緊張してたから……」

さっきから謝り癖のついている俺に、白河さんはおかしそうに笑う。

「いいよ、もう夏だし。あたしがあっためてあげるから」

そう言ってから、ちょっと頬を染めて、照れ笑いする。

「って、なんか恥ずいね」

俺も赤面していたけど、白河さんも本当に照れ臭くなったらしく、ごまかすように天を仰いだ。

「あー……最初にエッチしてたら、きっとこんなに恥ずかしくなかったのにな」

上を向いたまま、白河さんはそう呟いた。

「手繋ぐのも、キスするのも、恥ずかしいことだらけだよ。リュートを近くに感じるたびに、どんどん好きになってく気がする」

そして、俺の方を見た。

「こんなの初めてなんだけど」

不貞腐れたような表情で、頬を紅潮させて、そう言った。

「責任取ってくれる？」

プロポーズにも思える発言にドキッとしつつ、俺は白河さんの視線を受け止めて、固く頷く。

「俺で良ければ……よ、喜んで」

すると、白河さんはふにゃっと笑った。

「もー。なんかマジで恥ずい」

繋いだ手に、ぎゅっと力が込められる。

池の方から吹いてくる風が、徐々に真夏の気配が近づく夕方の空気を、爽やかに押し流してくれる。

隣に、白河さんがいる。

俺は「元カレ」にはならない。

この子を大切にしたい。

この笑顔をずっと守りたい。

もう二度と、悲しい顔をさせたくない。

そんな想(おも)いを込めて、あたたかで華奢(きゃしゃ)な手をそっと握り返した。

第五・五章　黒瀬海愛の裏日記

悔しい……月愛(るな)に負けた。

まさか、加島龍斗(かしまりゅうと)と付き合ってたなんて。

どういうつもりなの？　何が目当てなの？　それとも、ああ見えて実はいい男だったりするの？

……確かに、わたしの話を聞いてくれたときは、ちょっとかっこいいかもしれないって思ったけど。

家族のことをあんなふうに他人に話したのは、親が離婚してから初めてだった。

なんであいつに話したのか、自分でもよくわからない。

それに、もっとよくわからないのは……あれからずっと、加島龍斗のことを考えてしまってるってこと。

でも、初めてだった。あんなふうに、一人の人間としてわたしと向き合って、話を聞いてくれた男の人は。

わたしの周りには、アホみたいな顔でわたしの作り笑顔をボーッと眺めてる男たちしかいなかったから。

四年前は、あいつだってそういう男の一人だったのに。

「黒瀬さんがいつか本当に好きになれる男に出会ったとき、その人から愛されるような女の子を目指した方がいいんじゃないかな」って、あの男は言ったけど。

すでに別の女を見てる男を好きになりそうなときは、どうしたらいいわけ?

しかも、その「別の女」が、よりによって月愛だなんて……。

そうだ。

奪えばいいんだわ。

わたしはまだ、月愛を許したわけじゃない。

デマを流したことは確かに悪かったと思って謝ったけど、もとはといえば……一番悪いのは、わたしからお父さんを奪ったあの女なんだから。

加島龍斗を、月愛から奪ってやる。

この世で一番大切な人を奪われたわたしと、同じ悲しみを味わわせてやる。

それこそがわたしの復讐。
今日からが、わたしの本当の復讐の始まりよ。
楽しみにしててね、月愛。

エピローグ

デートの帰り道。動物園を出て、繁華街で軽くお茶をしてから、上野駅に向かっているときだった。

「リュート、バンソーコーとか持ってないよね？」

白河さんに尋ねられて、俺は「え？」と彼女を見た。

「どうしたの？」

すると、白河さんはばつが悪そうな顔で口を開く。

「足が痛くて……。踵のマメが潰れたっぽい」

「えっ、大丈夫？　靴ずれ？」

「うん……。今日初めて履いた靴だから」

白河さん、俺とのデートに新しい靴を下ろしてくれたんだ……と思うと嬉しいが、靴ずれは心配だ。

「コンビニで絆創膏見てくるよ。ちょっと待ってて」

そう言うと、俺はちょうど通りかかったコンビニへ向かった。

「絆創膏、絆創膏……」

あまり自分で買った記憶がないものなので、なんとなく置いてありそうなコーナーを探す。

「あった」

衛生用品が陳列されている一角で、見慣れたパッケージを見つけた。

手を伸ばしかけて、ふとその隣を見ると、同じサイズ感で、よりスタイリッシュなデザインの箱が並んでいた。

白河さんならこっちの方がいいかな、と手に取りかけて、固まった。

よく見ると、それは男性用避妊具……　いわゆるコンドームの箱だった。やたら薄さを強調するパッケージの文言からも、間違いない。

「あったー？」

そこで横から白河さんの声がして、俺は盛大に飛び退いた。

「えっ、うえっ!?　ま……待っててくれてよかったのに、足痛いんでしょ？」

「一歩も歩けないほどじゃないからだいじょぶだよー」

そう答えた白河さんは、俺が手を伸ばしていた陳列棚を見る。と思うと、俺の顔を見てニヤッと笑った。

「あーこれ見てたんでしょ？」

白河さんが指したのは、先ほど手に取りかけたコンドームの箱だった。

「バンソーコーだと思った？」

「ちっ、ちがっ！　違うよ！」

「でも、取ろうとしてたじゃん？」

見られてたのか……！

「じゃあ、なんだと思って取ろうとしたの？」

「そ、それは……」

絆創膏だと勘違いしかけたからなんだけど、今までこの商品に縁がなかった非モテ丸出しで、白河さん相手に恥ずかしくて説明できない。

しどろもどろになる俺を見て、白河さんがそこで噴き出した。

「リュート、かわい〜！　顔真っ赤だよ」

「……ううっ……」

やっぱり、白河さんには敵(かな)わない。

あとがき

こんにちは、長岡（ながおか）マキ子です。

この本をお手に取ってくださり、ありがとうございます。

さて、今回はちょっとドキッとするタイトルのラブコメです。

もともと処女厨（ちゅう）が高じて男性向けライトノベルを書くことになった私が、まさかこういう属性のヒロインを描くことになるとは……十年前の自分が聞いたらひっくり返ると思います。

前シリーズ『異世界でロリに甘やかされるのは間違っているだろうか』が終わってから、新作について担当さんといろいろ話していて、今度は久しぶりに正統派の学園ラブコメをやろう、ということになったのですが、どうせやるなら新しい切り口でやりたいということになって、それからまたいろいろ話しているうちに、いつのまにかこういうヒロインと主人公のお話になっていました。

学生時代、私はどちらかというとリュート側の人間だったので、周りにいたあの子やあの子……華やかでちょっと大人で、太陽みたいにまぶしい存在だった憧れの美少女たちを思い出しながら、白河さんを描きました。

こういうタイプのヒロインを描くに当たっては、リュートと同じように、私の中でもちょっとした葛藤がありましたが、白河さんはとても可愛い女の子なので、読者の皆様にも愛していただけるといいなぁと願っております。

黒瀬さんも、可愛いなぁ。こういう少女漫画的なキャラクターの女の子は、そういえば今まであまりメインで書いたことがなかったので、とても楽しかったです。二巻ではもっと頑張って欲しいなぁ。伸びしろが大いにある子なので、作者として今後に期待しています。

ニコルも好きです。私が描く女の子の親友キャラは、友達想いで人情に厚いキャラになりがちなのですが、私の親友がそういうタイプなので、無意識に投影しているのかもしれません。本人、私の書いた本を一冊も読んでくれてないんですけど……。

リュートの男友達も、書いていて楽しかったです。今回、久しぶりに友人キャラらしい男子キャラを登場させたのですが、やっぱり男友達とバカをやってる男の子は面白いなと思いました。

リュートは私なので、特に言うことはありません……。

今回、リュートとして白河さんとの恋愛を描くに当たって、もし自分が幸運にも憧れの美人女優と付き合えることになったら、彼女が初めてじゃないということがわかったからといって、付き合うのをやめるか？　という思考実験をしました。

絶対やめないですね……。

つまり、このお話はそういうお話なのですが、タイトルで「おおう？」となる方もいらっしゃるかもしれないですけど、この本を読んでくださっているあなたに、もしこれからもリュートと白河さんの恋愛を見守りたいと思っていただけたら、幸いです。

イラストを担当してくださったｍａｇａｋｏ様、オシャレ可愛いイラストの数々をありがとうございます！　担当さんからデータを送っていただくたび、素敵すぎて一人歓声を上げております。

プロット段階から細やかにご相談に乗ってくださった元担当編集の鈴木様、大変お世話になりました。三年間ありがとうございました。そして、新担当の松林様、すでに大変お世話になっており、その丁寧なお仕事ぶりにいつも感謝しております。今後ともよろしくお願いいたします！

それから、勝手にＫＥＮのモデルにさせていただいたＫ●Ｎ様に、ひっそりと感謝と敬愛を捧(ささ)げます。

最後に、この本を手に取ってくださった読者の皆様に、心からの、最大の御礼(おれい)を申し上げます。

二巻でまたお会いできますように！

二〇二〇年八月　長岡マキ子

お便りはこちらまで

〒一〇二－八一七七
ファンタジア文庫編集部気付
長岡マキ子（様）宛
ｍａｇａｋｏ（様）宛

経験済みなキミと、経験ゼロなオレが、お付き合いする話。

令和2年9月20日　初版発行
令和5年9月15日　11版発行

著者——長岡マキ子

発行者——山下直久
発　行——株式会社KADOKAWA
〒102-8177
東京都千代田区富士見2-13-3
0570-002-301（ナビダイヤル）
印刷所——株式会社暁印刷
製本所——本間製本株式会社

※定価はカバーに表示してあります。
●お問い合わせ
https://www.kadokawa.co.jp/（「お問い合わせ」へお進みください）
※内容によっては、お答えできない場合があります。
※サポートは日本国内のみとさせていただきます。
※Japanese text only

ISBN978-4-04-073809-3 C0193

2人の女子高生と始める、
新しい日常――。
ひまり
家出中のJK。
街で困っていたところを主人公のサラリーマン・駒村に助けられ家に転がり込む。
奏音
駒村の従妹。
ワケあって同居を始める。
見た目は派手だが、
家事が得意な一面も。
1LDK